POUTINE, L'ITINÉRAIRE SECRET

Né à Moscou en 1950, Vladimir Fédorovski est diplomate pendant les grands bouleversements à l'Est, promoteur de la *perestroïka*. Auteur à succès, il a écrit à ce jour plus de trente titres, traduits dans de nombreux pays.

Paru au Livre de Poche :

LE FANTÔME DE STALINE

LE ROMAN DE LA RUSSIE INSOLITE

LE ROMAN DE L'ESPIONNAGE

LE ROMAN DE RASPOUTINE

LE ROMAN DE SAINT-PÉTERSBOURG

LE ROMAN DES ESPIONNES

LE ROMAN DU KREMLIN

LES TSARINES

VLADIMIR FÉDOROVSKI

Poutine, l'itinéraire secret

ÉDITIONS DU ROCHER

ISBN : 978-2-253-19444-6 – 1re publication LGF

La rencontre

Vladimir Poutine, l'« homme le plus puissant de la planète » selon le magazine américain *Forbes*, manifesta dès son plus jeune âge le désir de devenir un personnage à part. Pourtant, ce natif de Leningrad[1] m'a toujours laissé le sentiment d'un être aux multiples visages, dissimulant sa véritable nature derrière une succession de masques. Son regard, tantôt vague, tantôt intense, ses froncements de sourcils ou un mouvement impatient des lèvres témoignent d'une volonté de fer, cependant qu'il semble glisser, insaisissable. En bon officier des services secrets, il a visiblement appris à tenir plus d'un rôle. Il avait jusqu'alors donné l'image d'un homme excellant dans l'art de brouiller les pistes. Fidèle aux vieilles méthodes du KGB, il paraissait un caméléon-né.

Ce fut du moins mon impression quand, dans le courant des années 1990, à Saint-Pétersbourg, j'eus

1. Il y vit le jour le 7 octobre 1952, dans une famille aux origines modestes.

l'occasion de l'observer pour la première fois en privé. Cette sensation m'avait déjà effleuré lorsque je m'étais rendu dans la Venise du Nord en 1993, comme membre du jury d'un festival de cinéma, sur l'invitation du maire Anatoli Sobtchak (notre amitié datait de notre engagement commun au sein du Mouvement des réformes démocratiques en 1991).

À Paris déjà, Sobtchak m'avait fait un éloge particulier de son adjoint Poutine : « C'est un homme taciturne, efficace, très loyal… sur le plan personnel. » Plus tard, il m'avait encore affirmé : « Ce n'est pas l'archétype de l'agent secret, c'est un personnage à part ! Rien à voir avec la caricature de l'espion du KGB. » Lors de mon séjour à Saint-Pétersbourg, je ne fus d'ailleurs pas le seul à être frappé par l'aptitude du futur président de la Russie à adapter son discours aux circonstances (j'étais bien loin, à l'époque, de soupçonner quel destin l'attendait).

Poutine ne semblait guère homme à se laisser aller au bonheur d'être. Ce n'était pas dans sa nature. Conformément aux pratiques traditionnelles de l'école d'espionnage, il faisait croire à tous ses interlocuteurs qu'il était comme eux, l'un des leurs : un miroir dans lequel chacun se reflétait, se retrouvait. Par moments, il n'hésitait pas à imiter leur gestuelle, leurs tics, leur façon de parler. Ce talent, qu'il avait développé pendant ses années de formation d'agent secret, lui permettait de se couler dans n'importe quel moule avec une aisance déconcertante.

Les influences historiques

Pour Anatoli Sobtchak, trois « éléments fondateurs » (ce sont ses propres termes !) ont façonné de manière décisive la personnalité du jeune Poutine : l'assassinat de Sergueï Kirov, figure politique de Leningrad sous Staline, qui fut le prétexte à la première épuration massive du parti, le siège de la ville pendant la Seconde Guerre mondiale et l'« esprit de Saint-Pétersbourg ».

Si l'atmosphère singulièrement envoûtante de l'ancienne capitale des tsars s'imposait comme une évidence, de même que l'impact qu'avait eu sur les esprits le terrible blocus des années 1941-1944, j'étais plus sceptique, au début, quant à l'importance de l'héritage stalinien pour Poutine. Mais la pertinence des propos de mon ami Sobtchak apparut au grand jour bien plus tard, en 2000, lorsque le président nouvellement élu à la tête de la fédération de Russie proclama d'entrée de jeu : « Le peuple russe possède une longue tradition de tsars forts... » C'était de Staline dont il était avant tout question. Idéologiquement, Poutine jouait là avec finesse, appelant la condamnation de Lénine au profit d'une réhabilitation rampante de son successeur, aujourd'hui symbole de l'ordre et de la sécurité de l'empire, par le biais notamment de la lutte menée contre le nazisme.

Lénine, c'était la doctrine communiste. Staline, c'est la splendeur des tsars, celle de la Russie éternelle. Enterrer Lénine. Faire disparaître sa dépouille dans un caveau. Honorer Staline, le tsar rouge qui se posait en héritier d'Ivan le Terrible et de Pierre le Grand. On prend ici la mesure de la passerelle historique établie par un Poutine qui se perçoit en outre comme la réincarnation du premier des Romanov, envoyé par la Providence pour sauver la Russie et rétablir sa grandeur. Il a d'ailleurs eu cette phrase à l'ambiguïté révélatrice: « Celui qui ne regrette pas l'URSS n'a pas de cœur. Celui qui la regrette n'a pas d'intelligence... »

La justification de l'œuvre du dictateur semble de nos jours aller de pair avec celle des services spéciaux, si chers au président russe. « Le petit père des peuples » sacrifia des millions d'êtres. Mais aujourd'hui, l'homme de la rue est enclin à disculper les crimes de Staline et souligne les « atouts légués par son système », tels que les industries d'armement, l'arme nucléaire, les missiles et l'aventure spatiale, le glacis est-européen ou la pénétration dans le tiers-monde.

La véritable nostalgie de l'homme fort est exprimée par une coalition hétéroclite constituée de clans connus et de réseaux d'affaires occultes. Sous couvert d'un rétablissement de l'ordre – ou, selon l'expression de Poutine, d'une « démocratie dirigée » –, l'élan vers la liberté des années 1985-1990 a été liquidé au profit d'un régime autoritaire et populiste. Cette stabilisation marque en réalité une réhabilitation : la Russie du XXIe siècle n'a paradoxalement renoncé au communisme que pour mieux communier dans l'héritage stalinien. Certes, le parti unique et son idéologie d'État ont disparu, mais la domination de la police secrète et de l'armée, le contrôle de l'économie et des médias, le refus de fait du pluralisme demeurent. À travers le monopole des services de sécurité dans la politique, la haute administration et l'économie, Staline tend la main aux oligarques d'État actuels, au-dessus du gouffre creusé par la chute de l'URSS en 1991.

L'assassinat de Kirov

La révolution d'Octobre de 1917 n'a pas seulement maintenu la grande tradition des assassinats politiques. Elle l'a embellie. Parmi ces opérations, la mort de Sergueï Kirov, en décembre 1934 – pendant la jeunesse du père de Poutine –, reste l'une des grandes énigmes du Kremlin. L'homme n'était autre que le secrétaire du parti pour la région de Leningrad. C'était aussi un proche de Staline, sinon son héritier présomptif.

En ce premier jour du mois, la neige tombait sur la cité lacustre et de gros glaçons envahissaient la Neva lorsque commencèrent les arrestations. À l'annonce de la mort de Kirov, Staline, toutes affaires cessantes, se rendit le soir même sur place. Selon la version – tardive – du KGB, le meurtre avait été commis par un prétendu mari jaloux qui avait appartenu quelques années plus tôt à l'opposition trotskiste. Et tandis qu'en ville s'ébruitait l'hypothèse d'un crime passionnel, les interrogatoires du meurtrier se déroulaient à huis clos. Mais la présence du tsar rouge apporta une tout autre dimension à cet événement, qui devint aussitôt une grande affaire d'État. Cinq jours durant, le maître du Kremlin prit personnellement en main l'enquête, supervisa les interrogatoires, organisa la répression, ordonna les limogeages, les déportations. Un énorme dossier que ses policiers allaient mettre des mois à compléter.

La Grande Terreur était en marche… Aux yeux de Staline (et cela devint la version officielle), la responsabilité de l'attentat incombait à un groupe d'opposition impliquant les premiers compagnons de Lénine. Ainsi, tel un cancer, les accusations allaient-elles rejaillir bien plus tard sur d'autres collaborateurs directs du dictateur au Kremlin. Il fallut attendre la disparition de Staline pour que, dans son fameux rapport communiqué à l'occasion du XXe Congrès du PCUS[1], en 1956, Khrouchtchev, en des termes à demi voilés, l'accuse d'avoir fait perpétrer cet assassinat par sa police secrète à la suite des positions ouvertement contraires à sa politique qu'avait prises Kirov. Les derniers discours de la victime – censurés jusqu'en

1. Parti communiste de l'Union soviétique.

1991 – montraient en effet une critique de plus en plus virulente de la politique de collectivisation forcée du tsar rouge…

Tout cela n'était-il que pure désinformation historique ? Tant de détails demeurent incompréhensibles dans cette affaire… De l'aveu même du chef des services soviétiques de la sécurité d'État [1], jugé et fusillé quatre ans plus tard, « la police n'avait pas fait obstacle à la tentative de meurtre ». Jugeons plutôt : le seul témoin de l'attentat, un membre de la police politique chargé de protéger Kirov, fut interrogé le lendemain 2 décembre et mourut peu après dans un accident d'automobile d'où les autres occupants sortirent sains et saufs. Et la lettre dans laquelle l'assassin expliquait les raisons de son geste disparut dans le même temps des dossiers.

Pour l'heure, Leningrad tremblait. La peur, la délation, la terreur policière régnaient. La vindicte n'allait plus seulement tomber sur les « ennemis de classe », elle allait également toucher des hommes du parti, sûrs, fidèles, des bureaucrates choisis – eux-mêmes responsables de tant de meurtres politiques –, et ceux qui avaient eu le malheur de connaître, de près ou de loin, ces derniers. Le moment propice à l'élimination définitive des ennemis avérés ou potentiels du dictateur était arrivé. Staline accompagna à Moscou le corps de Kirov, lui réservant des funérailles grandioses sur la place Rouge. La presse ne prononça pas

1. Yagoda.

un mot sur l'arrestation des « vieux bolcheviks ». Il s'agissait de préparer l'opinion... En donnant l'ordre de tuer ses boyards par milliers, Staline écrivit lui-même le scénario de la terreur. La vie du Kremlin n'allait dès lors plus connaître ni limites ni tabous.

Ce fut cet épisode, me dit le maire de Saint-Pétersbourg, Sobtchak, qui déclencha l'intérêt du jeune Poutine pour l'histoire de la période stalinienne. Cette perception nouvelle ne tarda pas à être renforcée par sa prise de conscience des événements dramatiques qui étaient survenus lors du siège de Leningrad.

Le siège de Leningrad

Le blocus, l'un des épisodes les plus tragiques de la Seconde Guerre mondiale, se prolongea de septembre 1941 à janvier 1944 et fit près de neuf cent mille victimes, principalement par suite de la famine et du froid, dont les souffrances furent indescriptibles. Bien que leur situation fût celle d'un gigantesque ghetto coupé du monde, dans lequel ils se sentaient abandonnés, les habitants de Leningrad firent preuve d'un courage extraordinaire pendant toute la durée des hostilités.

Le siège raviva les faiblesses congénitales de Saint-Pétersbourg : il avait suffi aux Allemands de prendre la forteresse de Schlüsselbourg – la « clé » – pour que l'étau se refermât et que l'on assistât à la « seconde mort » de la cité.

Toi qui n'es pas devenue ma tombe,
Ville de granit, ville infernale et chère,
Tu es pâle, figée et muette.
Notre adieu n'est qu'un leurre :
Je suis inséparable de toi,
Mon ombre est sur tes murs,
Mon reflet est sur tes canaux,
Le bruit de mes pas, dans les salles de l'Ermitage,
Où mon ami flânait avec moi.
[...]
Et ma ville demeure, mise en boîte...
Lourdes sont les stèles funéraires
Sur tes yeux insomniaques [1].

Poutine aime à citer ce poème dédié à la mémoire des victimes civiles du blocus, pour le sentiment qu'il donne d'une Leningrad peuplée d'ombres, réverbérant l'écho de leurs plaintes : « Je me rappelle et j'entends leurs voix lorsque je [le] lis tout haut, et ce chœur secret justifie cette œuvre à mes yeux. »

Cité martyre, victime des nazis, Leningrad avait également eu l'impression d'être tenue en disgrâce et d'avoir subi le régime stalinien plus lourdement que toute autre. Ainsi poursuivait le poète :

Lèvres serrées, la Russie
S'en allait cependant vers l'Orient.

Hitler même avait donné l'ordre de la raser soit parce qu'elle avait été le berceau de la Révolution

1. Anna Akhmatova, *Poème sans héros* (1960).

soit peut-être parce que, démonstration insolente du « génie slave », elle n'avait rien à envier à Berlin dans son œuvre architecturale. Les souffrances de la guerre avaient ainsi forgé un lien de sang qui devait attacher davantage encore Leningrad à ses pierres. Ses habitants avaient tout tenté pour la sauver. Mais malgré de multiples précautions – statues enterrées, collections évacuées, bâtiments protégés par des sacs de sable durant les incessantes attaques de l'artillerie allemande –, les dégâts avaient été considérables. L'armée allemande, qui avait occupé les résidences impériales alentour, fit brûler tous les grands palais en les évacuant, dynamita la Grande Cascade de Peterhof et pilla les prestigieuses collections.

À peine libérée, Leningrad entreprit un travail de restauration qui, par son ampleur et sa minutie, fut peut-être sans précédent dans l'histoire. Il ne s'agissait pas seulement de relever les ruines que les Allemands avaient laissées. On entreprit avant tout de reconstituer les palais dans leur état initial en utilisant des techniques anciennes. La restauration des résidences impériales, surtout, révéla à la ville toute l'importance de son patrimoine. En réparant sa grandeur passée, Leningrad se réfugia dans une posture faite d'orgueil et d'affection à l'égard d'une histoire dramatique qui, marquée par l'époque soviétique, ne gardait de ces temps glorieux qu'une hérédité sommaire. Si on ne la décrivait naguère que par référence à d'autres capitales – « Venise nordique », « nouvelle Amsterdam », « Palmyre du Nord » –, Pétersbourg-

Petrograd-Leningrad se chargea brusquement d'une histoire – la sienne.

Cette renaissance de la cité et du prestige pétersbourgeois devait frapper l'imagination du jeune Vladimir et renforcer chez lui un sentiment de singularité, d'autant que son père avait lui-même réchappé au blocus. Membre du NKVD[1] durant la guerre, il avait failli se faire prendre par les Allemands, mais avait pu leur échapper en s'immergeant sous l'eau des marais et en respirant à l'aide d'un roseau creux. Il était ensuite resté de longs mois à l'hôpital, entre la vie et la mort, et était demeuré boiteux. Cet état l'avait contraint, une fois la paix rétablie, à travailler comme contremaître dans une usine de fabrication des wagons du métro.

Les fantômes de Saint-Pétersbourg

L'eau, à Saint-Pétersbourg, est omniprésente. Elle modèle le paysage et dessine les contours de la cité lacustre, véritable labyrinthe d'îlots, de ponts et de canaux issu de l'ingéniosité d'un Français, l'architecte Leblond. Le vent glacial de la mer Baltique s'infiltre partout. Le brouillard enveloppe tout et efface les quais dans un halo de lueurs jaunes, fragiles, fantomatiques. L'hiver y est impitoyable et sans limites.

1. L'organisme de la police soviétique chargé de la sécurité d'État, ancêtre du KGB.

D'emblée, le jeune garçon avait aimé cette ville surgie des marais et de la brume, ses bâtiments jaunes, roses, bleu ciel, verts ou gris, l'immense perspective Nevski s'étirant à perte de vue en une double ligne de palais, d'hôtels et d'églises, ses canaux argentés, ses nuits blanches. Combien de fois, plus tard, s'était-il doucement abandonné à cette atmosphère fantasmagorique, comme suspendu, hors du temps. Protégé par la capote en cuir de son pardessus, Poutine ne prêtait guère attention aux gouttes d'eau serrées au-dessus de sa tête. Dans ses voiles de vapeur, le « rêve de Pierre [1] » lui semblait toujours émerger, ruisselant, d'un profond marécage. Mais son décor de théâtre, où tout était spectacle avec ces longues percées rectilignes, ces espaces majestueux, ces monuments grandioses, ces parcs et ces jardins ornementés, reflétait la puissance et l'ouverture au monde de son fondateur, comme le goût de ses successeurs.

Catherine II, Alexandre Ier, Pouchkine, Tourgueniev… figures immuables de la Russie éternelle ou personnalités de son temps, tels Kirov ou Sobtchak, amoureux passionnés de la Russie des tsars ou nostalgiques de la période soviétique, tous contribuaient, à leur manière, à lui révéler les secrets de cette cité pétrie d'art, de culture et d'histoire.

1. La ville fut fondée par Pierre le Grand en 1703.

Le petit caïd

Les promenades à travers sa ville étaient l'une des rares distractions de l'adolescent. Mais la magie de Saint-Pétersbourg n'entra pas spontanément dans le cœur de Vladimir, car son enfance fut plutôt marquée par la fréquentation des quartiers défavorisés où habitaient ses parents.

Dans les années 1950, la vie, sous des dehors pudibonds, se révélait d'une grande férocité. Comme partout ailleurs, les jeunes gens s'embrassaient sous les portes cochères, mais les filles pouvaient aussi s'y faire violer. Ce petit monde de voyous composait l'univers parallèle des « voleurs dans la loi », comme on qualifiait alors les « parrains » du milieu. Il formait une sphère totalement à part dans la société soviétique, avec ses codes, ses juges et ses objectifs.

La famille Poutine logeait dans une pièce de 20 m², au sein d'un appartement communautaire. « J'ai dû porter des seaux d'eau au cinquième étage », témoignera le président russe. À l'âge de cinq ans, le garçonnet se rendit secrètement avec sa mère et un vieil homme de leur voisinage dans une église proche, où il fut baptisé. Puis on l'inscrivit à l'école. Rapidement, ses professeurs se plaignirent de cet élève difficile qui passait le plus clair de son temps à jouer les caïds. Les autres enfants le craignaient, car il était toujours prêt à se battre. Avec ses camarades, il terrorisait tout le quartier et affrontait souvent une bande rivale, ce qui ne manqua pas de lui valoir de mémorables corrections (il fut à plusieurs reprises fouetté par son père pour cela). En véritable enfant des rues, Poutine apprit à cacher ses sentiments et à déterminer d'où venait la menace. En raison de sa mauvaise réputation, il lui fallut attendre longtemps avant de devenir « pionnier[1] » – ce qui, cependant, ne le dérangea pas outre mesure.

Sa personnalité changea grâce à un entraîneur de judo qui le prit littéralement par la main et le tira de ces venelles sordides pour l'amener dans une salle d'entraînement. À l'âge de treize ans, le sport devint ainsi primordial pour Vladimir Poutine. Cet homme l'a-t-il sauvé de la délinquance ? Dans un recueil d'interviews[2], le président russe décrivait ainsi son passé de petit Soviétique élevé dans un appartement communautaire délabré de Leningrad, où il passait son temps à poursuivre les rats et à en découdre avec les autres gamins de la cour : « En réalité, j'étais une

1. Membre de l'Organisation de la jeunesse communiste (de neuf à quinze ans).
2. Intitulé *À la première personne* et publié en 2000 à Moscou.

racaille. » Et il confessait : « Si je n'avais pas fait du sport, je ne sais pas comment j'aurais tourné. »

Quelques années plus tard, devenu un élève aussi brillant que solitaire, le jeune homme préférait travailler plutôt que de fréquenter les soirées dansantes et consacrait ses rares loisirs au sport – il était un excellent judoka. À la grande surprise du corps enseignant, il rejoignit même un groupe d'initiation à la langue allemande. Il donnait déjà l'impression de quelqu'un d'extrêmement prudent et méticuleux, n'aimant ni le désordre ni l'indiscipline et détestant prendre des décisions hâtives. Il appréciait surtout chez ses pairs la fidélité et la loyauté.

Cette période vit apparaître chez lui une idée fixe : compter parmi les membres du KGB. Évoquant les films d'espionnage, il ne cachait pas son enthousiasme pour ce métier insolite : « Dans ces films, une seule personne est plus efficace que toute une armée ! »

Poutine, tout à son ambition de devenir espion, se renseigna auprès du comité pour la sécurité de Leningrad – il voulait s'engager sur-le-champ –, où on lui conseilla de commencer par entreprendre des études juridiques : « C'est ce qu'il y a de mieux pour entrer chez nous. »

Quoique le père de Poutine eût été numéro un du parti dans son atelier, et son propre père, le cuisinier de Lénine puis de Staline, il fut déçu par le choix de son fils, dont il aurait souhaité qu'il devienne ingénieur[1].

1. Décédé en août 1999, quelques jours avant la nomination de Vladimir Poutine comme chef du gouvernement, il n'eut pas le temps de voir son ascension suprême. La mère de Poutine était morte un an auparavant d'un cancer, à Saint-Pétersbourg.

Les années de jeunesse : de Khrouchtchev à Brejnev

Trois jours avant le cinquième anniversaire du petit Vladimir, au début du mois d'octobre 1957, une grande nouvelle tomba : la mise sur orbite du premier satellite artificiel du monde était un succès et ouvrait la voie de la conquête spatiale. Tous les citoyens d'Union soviétique se collèrent littéralement aux radios pour ne rien perdre du message de « leur » spoutnik, passé au-dessus du territoire de l'adversaire américain.

Les années de jeunesse de Poutine virent l'ascension de Khrouchtchev et sa brutale destitution[1], une période qui, selon l'actuel chef de l'État russe, fut marquée par de profondes contradictions. De cet homme ambivalent, il est en effet difficile de dire s'il fut le premier instigateur de la déstalinisation ou le garant de la pérennité du système dont il avait hérité. Bien qu'il eût projeté une certaine lumière sur les agissements

1. Il dirigea l'Union soviétique de 1953 à 1964.

de Staline lors du XXe Congrès du PCUS, en 1956, le nouveau chef du Kremlin entendait bien pourtant perpétuer la domination du parti communiste et renforcer pour cela la nomenklatura. De fait, son fameux « rapport secret » exonérait la classe dirigeante des crimes de l'ère précédente en en rejetant la responsabilité exclusive sur le dictateur et son âme damnée, Beria, le chef des services secrets. Khrouchtchev tremblait tellement de peur quand il ouvrit la porte à la déstalinisation qu'il n'osa divulguer qu'une partie de la vérité, et son message fut totalement illisible. C'est un paramètre essentiel, qui explique tout ce qui advint pendant l'enfance de Poutine. Mais pour la première fois, les milieux intellectuels et artistiques se mirent à tenir un langage de vérité – notamment la grande revue littéraire *Novy Mir* (*Nouveau Monde*), qui publia Soljenitsyne. Poutine, cependant, ne lisait pas alors ce genre de littérature.

Le jovial successeur de Staline, que le monde entier brocarda lorsqu'il le vit frapper de son soulier la tribune de l'ONU, ne pouvait certes imaginer qu'en réprouvant le culte du leader auréolé il allait porter un coup décisif au système soviétique. En révélant que le parti s'était laissé guider par un « psychopathe », il avait pourtant mis en cause l'« infaillibilité doctrinale » et condamné le principe de « religion politique » qui avait été à la base du régime. À court terme, cela donna lieu à un mouvement de révolte qui prit corps à Budapest, à l'automne de 1956. En rompant avec la figure mythique de Staline, Khrouchtchev avait déclenché le processus irréversible qui allait mener le pays, trente ans plus tard et après maints aléas, vers les réformes de Gorbatchev et l'effondrement de l'Union soviétique. Pour l'heure, tout le monde pensait que le système était inébranlable. Mais en octobre 1964, Khrouchtchev fut limogé à la suite d'un complot ourdi par les grands boyards du Kremlin, désireux d'assurer leurs postes menacés par les réformes. Leonid Brejnev lui succéda.

Vladimir Poutine venait d'avoir douze ans. Le renversement de Khrouchtchev n'eut aucun effet perceptible sur la vie familiale. À l'usine où travaillait son père comme dans l'établissement où était scolarisé le jeune garçon, les portraits officiels furent remplacés et l'effigie du nouveau chef du parti, avec ses épais sourcils noirs, trôna désormais en bonne place.

Si cela n'était pas, à proprement parler, un coup d'État comme on en avait vu en Amérique latine, on pouvait à bon escient s'interroger sur la légitimité du politburo, organe composé d'une dizaine de personnes, à décider de la nomination du premier secrétaire du parti communiste d'URSS… Il paraissait souhaitable alors de retenir un candidat susceptible de réconcilier politiquement le plus grand nombre. Brejnev, d'un caractère nettement plus malléable et moins subjectif que Khrouchtchev – ce qui faisait de lui, en somme, un faible moins dangereux que les autres –, fut jugé parfait pour devenir la pièce maîtresse d'une direction collective. Ce n'était pas pour autant un néophyte, puisqu'il avait organisé d'un point de vue technique le coup d'État contre son rival, non sans avoir auparavant songé à abattre son avion en plein vol lors de son retour du Caire...

Ce Méridional natif d'Ukraine était un maître en intrigue politique, joyeux amateur de chasse, de bonne chère et de voitures de sport. Lorsqu'il arriva au pouvoir, c'était un homme d'une cinquantaine d'années, énergique et pugnace.

La première décennie durant laquelle Brejnev exerça le pouvoir est aujourd'hui réhabilitée en Russie. Elle correspond certes à une hausse du prix du pétrole, mais elle a assuré la vie quotidienne de la population dans les conditions les meilleures, peut-être, de toute la gestion soviétique. Les magasins ont commencé à se remplir ; certaines denrées, à être importées d'Occident. Ce n'est qu'un peu plus tard que la corruption – déjà fort active au demeurant – a explosé. La politique brejnévienne, que l'on pourrait qualifier de « néostalinisme mou », allait clairement à l'encontre de la ligne que tentaient d'imposer au Kremlin les nombreux partisans de la « main de fer ».

« Pendant toutes ces années à l'université, expliqua Poutine, je m'attendais à être contacté par la personne que j'étais allé voir à l'accueil du KGB. Mais évidemment, on m'avait oublié. Je n'étais qu'un écolier lorsque j'étais venu vers eux. Qui aurait pu savoir que je ferais preuve d'une telle énergie ? Et puis, je n'avais pas oublié qu'ils ne prenaient pas les volontaires [1]. »

1. C'était bien sûr le KGB qui sélectionnait les nouvelles recrues.

Absorbé par ses petits plaisirs et par les intrigues de palais qui ne lui laissaient aucun répit, Brejnev avait confié les rênes de sa police politique à un haut fonctionnaire hors pair, qui allait devenir le mentor de Poutine : le mythique Iouri Andropov.

Le maître à penser

En 1975, diplômé de la faculté de droit de l'université, Poutine fut « choisi » par le KGB de Leningrad parce qu'il était l'un des meilleurs étudiants. Aussi intégra-t-il les services de contre-espionnage de la ville, s'occupant tout particulièrement des opposants au régime. Le futur chef du Kremlin y passa quatre ans et demi, avec deux interruptions pour formation. C'était l'époque où l'on enfermait les dissidents dans les hôpitaux psychiatriques. Il n'eut d'ailleurs aucun état d'âme à l'égard de ces pratiques et prétend aujourd'hui qu'il ne connaissait pas l'étendue de la terreur politique, ni au temps de Staline ni plus tard :

> Honnêtement, je n'y ai pas pensé du tout. Pas du tout. [...] Je ne songeais pas aux répressions. Mes idées sur le KGB se sont forgées à partir des récits romancés sur le travail des officiers de renseignements. J'étais, sans aucune exagération, l'heureux produit de

l'éducation patriotique de l'individu soviétique.

D'une institution quasi moribonde, troublée par les soubresauts de la période poststalinienne et souvent mise en échec par le contre-espionnage occidental des années 1960, Iouri Andropov était parvenu à faire un instrument redouté, d'une efficacité implacable. Par ce fait, et alors même qu'il avait été longtemps tenu à l'écart de certains des rouages centraux du pouvoir, comme le secrétariat du parti ou le bureau politique, il était devenu l'un des hommes les plus puissants du Kremlin. Andropov incarnait aussi, paradoxalement, l'espoir des modernistes, sinon des libéraux, de ceux qui voulaient croire à une évolution progressive du régime. Cette réputation pour le moins inattendue tenait d'abord à son attitude personnelle. Peut-être parce qu'il avait longtemps été chargé des relations avec l'étranger et qu'il avait fait valoir à maintes reprises ses qualités de diplomate, ne se tournant que tardivement vers le renseignement, il se permettait d'afficher une sorte d'étrange enthousiasme pour la culture anglo-saxonne : il lisait ou incitait ses interlocuteurs à consulter des ouvrages et des périodiques américains ou britanniques, aimait à écouter du jazz et ne buvait, en société, que du whisky.

Lorsque je fis mes études à l'Institut des relations internationales[1], j'eus l'occasion de fréquenter Igor,

1. Le « Sciences po » soviétique, plus connu sous le nom de MGIMO.

son fils. Né en 1945, celui-ci avait été non seulement éduqué, mais autorisé à séjourner longuement aux États-Unis, où il avait rédigé une thèse sur le mouvement ouvrier local. Était-ce pour son père l'expression la plus achevée de sa conscience professionnelle – il est du devoir de tout espion que de connaître intimement ses adversaires –, machiavélisme ou non-conformisme réel ? La réponse à cette interrogation se résumait chez lui à ce fameux « demi-sourire » qui lui permettait de mettre en confiance tout en éludant d'éventuelles questions inopportunes. Tous ceux qui l'ont côtoyé ont évoqué le ton courtois mais ambigu du personnage et cette expression énigmatique, qui finissait par susciter une sorte de malaise. Quand j'eus le loisir de l'observer, je constatai en outre que ses yeux changeaient souvent de couleur, laissant quelquefois apparaître, derrière ses lunettes, un éclat glacial.

Mais sa réputation de libéral ou de moderniste reposait aussi sur des faits concrets. Il avait été, au début des années 1950[1], l'une des chevilles ouvrières du « compromis finlandais » qui appelait au maintien d'une Finlande semi-indépendante, « bourgeoise » mais neutre. Ambassadeur soviétique en Hongrie de 1953 à 1957, il y avait appliqué une politique analogue. Certes, il s'était vu contraint de diriger la répression après l'insurrection de l'automne 1956 dans la capitale ; néanmoins, il était parvenu à mettre en place un

1. Sous l'autorité d'Otto Kuusinen.

gouvernement à la fois relativement libéral et loyal à Moscou [1]. Chargé des relations entre les États au sein du bloc de l'Est, il avait repris ces mêmes méthodes entre 1957 et 1961, encourageant notamment ces pays à mettre en pratique, selon les cas, un « libéralisme bourgeois » ou un marxisme teinté de nationalisme, voire de religiosité chrétienne ou islamique. Appelé à la tête du KGB, Andropov avait prétendu faire de cette institution un instrument de contrôle – plutôt que de perpétuer une mécanique de terreur, à laquelle il ne souscrivait guère –, bien qu'il eût habillé d'entrée de jeu cet « *engineering* politique » d'une consigne explicite de Staline [2] : « L'important n'est pas que le poing frappe, mais qu'il soit toujours suspendu au-dessus de chacun... » Il s'était en outre révélé fin politique en estimant que l'arrangement brejnévien qui consistait à maintenir chaque boyard dans son fief mènerait l'empire au désastre.

De fait, une crise économique, sociale et morale toucha bientôt l'ensemble du pays. La croissance perdit de la vitesse et l'inflation s'installa, tandis que le budget militaire prélevait une part exorbitante du PNB. Un rapport secret avertit le chef du KGB que l'URSS risquait de ne plus être, en l'an 2000, qu'une puissance de second ordre, voire de rejoindre le tiers-monde. Comment redresser la situation ? Avec son énigmatique sourire, Andropov annonça qu'il sou-

1. Dirigé par János Kádár.
2. Adressée par le dictateur à l'ambassadeur soviétique en Afghanistan en 1924.

tiendrait les réformistes « désireux de travailler au sein du socialisme », mais qu'il briserait sans relâche « les dissidents et les traîtres »... Contrairement à Staline ou même à Khrouchtchev, qui pratiquaient tous deux l'élimination systématique, il lui répugnait d'avoir à tuer. Il avait certes donné son aval à certaines « opérations homicides », ainsi que les qualifiaient les services spéciaux – notamment l'assassinat du président afghan Hafizollah Amin, qui fut abattu par balle après une tentative manquée d'empoisonnement [1] –, mais il était d'une nature foncièrement mesurée. Son objectif était d'amener le pays à une certaine stabilisation, afin d'assurer l'évolution du régime « étape par étape ».

Certains esprits avertis en donnaient cependant un portrait plus tranché : « Le type même du néostalinien », disait ainsi à son propos Alexandre Yakovlev, le futur idéologue de la *perestroïka.* Il est vrai qu'Andropov, durant toute la période où il fut en charge du KGB [2], s'employa à maintenir la lutte contre la « subversion idéologique » au premier rang des préoccupations du Kremlin, même si à la Grande Terreur de Staline il préféra substituer, selon sa propre terminologie, la notion de « prévention ».

Particulièrement inquiet des répercussions que pouvaient avoir les réformes initiées après le Printemps de Prague de 1968, il créa la cinquième direction du

1. Voir p. 47.
2. De 1967 à 1982.

KGB, chargée de contrôler toute forme de dissidence et d'entraver tout mouvement d'opposition. Ce fut le travail dont fut quotidiennement chargé Poutine au cours de ses premières années de service au KGB.

À l'époque, le cas de Soljenitsyne hantait les services de la police politique. En octobre 1970, lorsqu'on apprit que le plus grand dissident soviétique venait d'obtenir le prix Nobel de littérature, Andropov adressa immédiatement au Kremlin une note par laquelle il détaillait un projet de décret visant à priver l'écrivain de sa nationalité et à l'expulser d'Union soviétique. Il ne parvint cependant pas à convaincre la majorité au sein du politburo. À l'automne 1971, Brejnev finit par se ranger à l'avis de son ministre de l'Intérieur et ami personnel Nikolaï Chtchelokov, qui lui conseillait de tenter de rallier Soljenitsyne aux positions du Kremlin au lieu de le persécuter :

> Pour résoudre la question Soljenitsyne, il convient d'analyser les erreurs commises par le passé dans nos relations avec les milieux artistiques. [...] Il faut que l'un des supérieurs hiérarchiques aille discuter avec lui pour lui retirer de la bouche le goût amer que les persécutions lui auront laissé. [...] En l'occurrence, il ne faut pas exécuter publiquement nos ennemis, mais les étouffer sous les caresses.

En 1977, trente-deux opérations furent par ailleurs mises en place contre un dissident tout aussi célèbre, le physicien Andreï Sakharov, considéré par Andropov comme l'« ennemi public numéro un » ; et tous les groupes d'opposition, sans exception, furent à la même époque infiltrés par un ou plusieurs agents et informateurs du KGB.

En marge de ces actions d'envergure, la police politique devait également faire face à une autre préoccupation de tout premier ordre : assurer la sécurité quotidienne de Brejnev et de son entourage, en particulier de son fils aîné Iouri, vice-ministre du Commerce extérieur, et de sa fille Galina. La tâche était loin d'être routinière, le premier étant réputé pour son penchant immodéré pour l'alcool et les pots-de-vin ; la seconde, amateur de bonne chère comme son père, pour ses frasques avec des artistes de cirque. Entre tragédie et opérette, il était parfois difficile de s'y retrouver…

Brejnev, homme de compromis, vit ses velléités de réformes annihilées en 1968 par le Printemps de Prague. Le système clanique relativement complexe qu'il avait institué laissait chaque boyard disposer de son fief. Cela permettait au chef du Kremlin de se maintenir au pouvoir tout en accordant aux républiques des possibilités d'action en matière économique. Avec tous les risques que comportait une telle autonomie.

Poutine affirme qu'il avait remarqué alors, à l'instar de ses concitoyens, les dérives de ce mode de gouvernement et qu'il était persuadé que « seule la force la plus organisée du pays [le KGB] pouvait entraver la dégradation de la situation». Parmi les rares constantes de l'histoire de la Russie, le président actuel cite en effet invariablement la mission de cette «haute police» dont l'ambition va très loin: l'institution postulait hier et aspire encore aujourd'hui au rôle particulier de gardien du temple, suprême défenseur des intérêts de l'État. «Transgressant les siècles et les régimes, l'Union soviétique comme l'empire des tsars, la haute police a tout fait dans ce pays: l'abolition du servage en 1861 comme les réformes de Stolypine[1] en 1907, la percée de Gorbatchev...»

Quand il parle du KGB, le visage de Poutine s'éclaire d'une lueur étrange, presque faustienne. «À travers les siècles, dit-il, une élite particulière s'est formée en Russie au sein de sa communauté du renseignement. Il s'agit de la haute police ou du secret du Kremlin...»

1. Premier ministre réformateur du tsar Nicolas II, Stolypine est considéré aujourd'hui en Russie comme l'un des plus grands hommes politiques du XXe siècle.

L'homme du KGB

On peut concevoir de Poutine, à travers son parcours, au moins cinq portraits. Le premier d'entre eux est évidemment l'officier du KGB qui prétend à cette mission souveraine de haute police. Placé au cœur des services secrets, le désir le plus intime du jeune homme était de devenir un James Bond à la russe et d'être envoyé en Occident. Il aurait pu y parvenir après la formation qu'il suivit à Moscou en 1978.

Cet apprentissage singulier, destiné à préparer les officiers de carrière de la « réserve spéciale [1] » et les agents illégaux non professionnels [2], s'articule autour de

1. Les éléments opérationnels du SVR – les services secrets actuels de la fédération de Russie – en activité sous couverture profonde.

2. Il s'agit des ressortissants étrangers qui ne sont pas des personnels de carrière des services spéciaux et qui exercent une ou plusieurs activités sous de fausses identités. Ils sont dirigés dans leurs missions d'espionnage par les officiers de carrière légaux ou illégaux, appelés « officiers traitants ». Même en demeurant très fragiles en cas de défaillance, puisqu'elles ne bénéficient d'aucune protection diplomatique, les résidences clandestines illégales restent la forme opérationnelle idéale, car elles sont quasi indécelables par les services de contre-espionnage ennemis. Totalement autonomes, ces structures sont en contact direct avec le « centre » (l'administration centrale à Moscou) et ne passent jamais par l'intermédiaire des antennes légales sous le toit des représentations officielles diplomatiques russes à l'étranger.

plusieurs « pôles de compétences ». Les techniques les plus sophistiquées d'interrogatoire et de pression psychologique, le maniement des armes (armes blanches, armes à feu), la science des explosifs, l'usage des poisons ou des substances chimiques, bactériologiques et gazeuses, constituent l'enseignement de base. Mais on y apprend aussi à pratiquer la dissimulation et le double, voire le triple langage, à orchestrer des mises en scène, à simuler des suicides, etc., tout en faisant preuve d'une parfaite maîtrise de soi. Les gens des services secrets développent ainsi leur idéologie, leur logique, leur propre vision du monde. Le recrutement et la formation opérationnelle des futurs illégaux suivent un protocole particulier dont la plus grande spécificité reste son caractère strictement individuel – les candidats ne sont ainsi pratiquement jamais entraînés en groupe.

À l'école du KGB, il fut en outre demandé à Poutine de parfaire son allemand – qu'il parle couramment et sans accent – et d'apprendre plusieurs dialectes.

Le rêve de l'apprenti espion d'entrer dans le service des illégaux [1] allait pourtant se briser. Au lieu de le détacher à l'Ouest, on le renvoya dans sa ville

1. Le fameux département S qui concentrait les activités clandestines au sein de l'administration centrale de la première direction générale du KGB. Le service des illégaux n'apparaît plus dans l'organigramme officiel de l'administration centrale du SVR de la Fédération. Il paraît peu probable, néanmoins, que les services secrets aient renoncé à ce genre d'activités : les opérations clandestines semblent au contraire actuellement jouer un rôle de plus en plus essentiel en leur sein.

natale. Cette fois, il ne fut pas affecté au département des renseignements généraux repensés à la russe, mais à la prestigieuse première direction du KGB de Leningrad, chargée de l'espionnage. Quatre ans et demi encore de tracasseries et de routine, et toujours le même espoir : partir pour l'étranger. Or il fallait aussi pour cela être marié – une règle obligatoire pour un officier du KGB détaché hors des frontières, les services secrets tenant à éviter à leurs agents toute dispersion.

Une candidate au mariage, rencontrée en 1980, était déjà sur les rangs. La romance entre cette belle hôtesse de l'air et le jeune engagé du KGB avait débuté à la sortie du spectacle d'un célèbre humoriste, à Leningrad. Le futur président avait le charme particulier des gens venus du Nord, mais comme l'avoua plus tard Lioudmila Poutine, « il était tellement effacé et vêtu si pauvrement que je n'y aurais même pas prêté attention si je l'avais croisé dans la rue ». Ainsi Poutine devint-il le chevalier servant de cette jeune fille affable et volontaire.

Lioudmila était née en 1955 sur les bords de la mer Baltique, à Kaliningrad, une ville autrefois appelée Königsberg et devenue base navale de la marine soviétique. Enfant, elle admirait l'uniforme noir et or des marins. Passionnée par l'histoire, elle aimait à contempler la cathédrale gothique luthérienne qui dominait de son imposante stature le centre-ville, l'un des rares joyaux architecturaux à n'avoir pas été détruits au cours de la dernière guerre. Cette jeune fille rieuse était cependant plus intéressée par les voyages que par l'école. Rien d'étonnant si, au grand dam de sa mère, elle abandonna ses études pour devenir hôtesse de l'air sur les lignes intérieures soviétiques.

Le violoncelliste Sergueï Roldouguine est l'une des quelques personnes à avoir observé le couple pendant cette période. Poutine se présentait alors comme « expert des relations humaines ». Durant leurs promenades sur la perspective Nevski, Vladimir parlait souvent de l'histoire de la Russie. Il voyait dans la statue équestre de Pierre le Grand un symbole de grandeur et de volonté. Lioudmila – ou Loutik, comme l'appelait son fiancé – évoquait plutôt les contrastes de l'âme russe, les contradictions de ses drames mêlant si violemment la splendeur à la grisaille, l'éclat perlé des nuits blanches de l'été à la noirceur lugubre de l'hiver. Ainsi qu'en témoignent leurs amis, ils se rappelaient leurs années d'enfance, commentaient le dernier spectacle auquel ils avaient assisté, mais la politique était pratiquement bannie des conversations, d'abord parce que Poutine était tenu par les réserves imposées par sa fonction, ensuite parce que Lioudmila (elle l'avoue elle-même) n'était guère intéressée par le sujet.

Trois ans et demi après leur première rencontre, Vladimir fit sa demande en mariage. Lioudmila se souvient de son propre étonnement : « Je pensais qu'il voulait rompre. » La cérémonie eut lieu sans faste, en compagnie de quelques amis et parents, le 28 juillet 1983. La jeune femme apprit dans la foulée, un peu interloquée, que son mari était un espion (il avait initialement prétendu travailler dans la police criminelle).

Le couple ne disposa pas d'un logement particulier et dut partager l'appartement paternel. À la demande de son époux, Lioudmila quitta l'aviation et entra à la faculté de philologie pour apprendre le français et l'espagnol.

Les années Gorbatchev

Quelque temps plus tard, en mars 1985, Mikhaïl Gorbatchev accéda au sommet du pouvoir. Au début, Poutine fut enthousiaste. Le nouveau dirigeant de l'URSS avait entrepris de purger le Kremlin de ses ennemis déclarés et ménageait à dessein la police politique, qui lui avait été d'un soutien efficace.

Deux projets de réformes tout à fait inconciliables s'affrontaient alors : celui de l'aile radicale des réformateurs (notamment de Yakovlev, l'éminence grise de Gorbatchev, et de Chevardnadze, son ministre des Affaires étrangères), qui prévoyait la sortie du communisme, et celui du KGB, visant à sauver le système soviétique. L'institution s'opposait fermement à toute forme de relâchement, appelant à une reprise en main nationaliste du pays, à l'image de Poutine aujourd'hui.

Gorbatchev, lui, se gardait bien d'adopter des positions tranchées, préférant à cela le rôle d'arbitre et se réservant d'influencer, selon ses intérêts propres, les boyards du Kremlin[1]. Une telle ambiguïté caractérisait également son approche des questions d'espionnage.

En décembre de la même année, Poutine se retrouva parmi les fonctionnaires du KGB conviés à une réunion autour d'une note de Gorbatchev qui avait trait aux questions de désinformation. La liberté de ton en était pour le moins surprenante pour les mœurs du Kremlin. Puisqu'il en était ainsi, l'assemblée condamna la pratique des rapports complaisants, puis affirma – dans une parfaite langue de bois – qu'il était de son devoir d'agir selon ce précepte léniniste : « Seule la vérité est révolutionnaire. » Ses agents n'avaient donc désormais plus aucune nécessité de présenter leurs rapports sous un faux jour, même si certains officiers éprouvèrent quelques difficultés à perdre leurs vieilles habitudes.

À ses débuts, Poutine apprécia que Gorbatchev s'intéresse vivement au renseignement dans les domaines scientifique et technologique. Il est vrai que, durant ces années, le KGB y réussissait mieux que dans ses opérations de renseignement purement politique : infiltrer les instituts de recherche s'était révélé plus facile que de pénétrer dans la haute administration occidentale.

1. Cette attitude donna lieu à une version unilatérale des faits, propagée par les vétérans du KGB. Le général Leonov déclara ainsi sans ambages que « ses collègues [étaient] pragmatiques, ouverts aux idées nouvelles, aux expériences avec l'étranger, et attachés au rôle de grande puissance de leur pays ».

Et l'homme de la *perestroïka* n'oubliait jamais de vanter ces efforts, qui permirent au Kremlin d'économiser des sommes considérables.

Si Gorbatchev essaya d'« arranger », selon ses propres termes, les rapports entre ses services secrets et le courant réformateur de son entourage, les événements prirent une tout autre tournure. Le président du KGB[1], malade, fut contraint de quitter ses fonctions. Gorbatchev – qui reconnaît avoir commis là une erreur capitale – nomma pour lui succéder Vladimir Krioutchkov[2].

1. Viktor Tchebrikov, en fonction depuis 1982.
2. Il se révéla être l'instigateur du putsch d'août 1991 visant à la destitution de Gorbatchev et à l'arrêt des réformes.

Le KGB s'accroche à son pouvoir

Cet ancien patron des renseignements extérieurs soviétiques devait également sa carrière à Iouri Andropov. Secrétaire particulier puis attaché de presse de ce dernier, alors nommé ambassadeur en Hongrie, Vladimir Krioutchkov avait assisté aux événements de 1956 à Budapest, où l'Union soviétique avait utilisé la manière forte pour écraser les velléités d'indépendance de la petite république. Plus tard, en tant que chef des renseignements extérieurs du KGB[1], il avait acquis une longue expérience des intrigues et des situations d'exception. Mais il savait aussi sentir l'air du temps. C'était un fonctionnaire terne qui avait su séduire Gorbatchev par ses prises de position inattendues en faveur de la social-démocratie. Dès les années 1980, il avait réprimandé ses subordonnés quant à l'absence de recrutement d'agents américains de premier plan, et avait exigé une « amélioration radicale » de l'espionnage du Kremlin.

1. Entre 1974 et 1988.

Au moment où Gorbatchev s'engagea dans une politique nouvelle avec les États-Unis, le KGB réussit ainsi un coup magistral en enrôlant pour la première fois un agent important au sein de la CIA. En avril 1985 eut lieu un *walk-in* à l'ambassade d'URSS à Washington. Aldrich Ames, qui venait d'offrir sa collaboration au KGB, travaillait depuis dix-huit ans pour la CIA. En l'espace de deux mois, il allait fournir aux Soviétiques vingt agents au service de l'Ouest (principalement des Américains). Arrêté neuf ans plus tard, Ames avait déjà reçu des services secrets soviétiques près de 3 millions de dollars (un record, sans doute, dans l'histoire de l'espionnage du Kremlin) et d'autres sommes du même ordre lui avaient été encore promises. La haute police semblait alors avoir répondu à la demande de Gorbatchev avec des rapports moins partiaux sur les pays occidentaux.

En décembre 1987, Gorbatchev emmena même Krioutchkov avec lui à Washington, à l'occasion de la signature, avec le président Reagan, d'un traité de réduction des arsenaux nucléaires des deux superpuissances. C'était bien la première fois qu'un directeur du service des renseignements extérieurs accompagnait un dirigeant du Kremlin à l'Ouest ! Ce geste reflétait l'estime dans laquelle Gorbatchev tenait le KGB depuis qu'il l'avait soutenu au moment de son élection et pour ses succès dans l'infiltration de la CIA. Au cours de ce séjour, Krioutchkov dîna incognito au restaurant de la Maison-Blanche avec le futur grand patron des services secrets américains.

En octobre 1988, encore méconnu du grand public, notre homme réalisa son ambition de présider le KGB. Son discours d'adieu au service du renseignement extérieur fut un savant mélange d'anciens clichés idéologiques et de pensée gorbatchévienne. Il aborda alors l'année 1989 avec un geste spectaculaire, destiné à mettre en valeur le nouveau climat des relations Est-Ouest, en recevant l'ambassadeur des États-Unis dans son bureau : jamais un chef de la haute police n'avait agi de la sorte en se lançant dans une campagne de relations publiques. Ce fut sous l'autorité de ce personnage que Poutine travailla au KGB.

Durant ces années, la hantise d'un complot, ce grand fantasme du Kremlin, était également présente dans l'esprit de Poutine et de ses collègues du renseignement, comme si la mécanique mentale était demeurée intacte depuis le XVIe siècle, époque du tsar Ivan le Terrible. À force d'inventer des phobies, à l'intérieur comme à l'extérieur, tous finirent par croire à leurs propres mensonges.

À cet égard, l'opération « RYAN [1] » fut lancée avec grand fracas lors d'une conférence du KGB. En mai 1981, Brejnev, affaibli par la maladie, prononça un discours à peine audible dans lequel il condamnait la politique américaine, la présentant comme une « grave menace pour l'humanité ». Andropov prit alors la

1. L'acronyme de *Raketno-Yadernoïe Napadenie*, qui signifie « attaque de missiles nucléaires » (intention parfaitement imaginaire prêtée par Andropov à l'administration Reagan).

parole et, à la stupéfaction de l'assistance, annonça que, par décision du Kremlin, les deux éternels rivaux – le KGB et le GRU (le renseignement militaire) – collaboreraient pour la première fois dans l'histoire de l'espionnage soviétique, afin de collecter des informations sur le prétendu projet américain d'une frappe nucléaire sur l'Union soviétique.

Puis en novembre 1982, Andropov succéda à Brejnev au sommet de l'État. Il continua naturellement d'entretenir des liens privilégiés avec les officiers supérieurs des services secrets en gardant tout pouvoir sur le KGB (à la tête duquel il avait été formellement remplacé en mai). Tout au long de son court règne (à peine un an et demi), l'opération « RYAN » fut au cœur de ses préoccupations. Si dans les capitales occidentales la plupart de ses agents étaient sceptiques quant à cette action, personne n'osait cependant risquer sa carrière en contestant l'opinion du chef. Cela créa un cercle vicieux dans la collecte et l'analyse du renseignement. Les agents étaient en effet sommés de découvrir des informations coïncidant avec les vues du Kremlin qui, lorsqu'il les recevait, les jugeait évidemment inquiétantes et exigeait davantage d'indications allant dans le même sens.

Cette désinformation atteignit son paroxysme en novembre 1983, à l'occasion de manœuvres menées par l'OTAN. Durant quelques jours, les dirigeants soviétiques crurent fermement que ces exercices de simulation étaient en réalité la couverture d'une première frappe nucléaire. Les Américains, très inquiets à propos de ce fantasme, tentèrent plusieurs fois de rassurer Moscou[1]. Mais en 1984, les ferveurs de l'opération « RYAN » se tempérèrent à la suite de la disparition de son principal protagoniste.

À vrai dire, l'image mythique du KGB, qui avait séduit Poutine, avait à l'époque bien pâli. La haute police avait cherché à s'adapter à la nouvelle donne en s'appuyant sur d'autres instruments d'action. Ainsi avait-elle créé des forces spéciales au sein du KGB, les groupes Alpha puis Zénith, dont les effectifs n'avaient cessé d'augmenter à la fin des années 1970. La plus importante de toutes ces actions spéciales fut l'assassinat du président afghan Hafizollah Amin, qui avait pris le pouvoir en septembre 1979 à la suite d'une sanglante révolution de palais[2].

L'attaque contre la résidence présidentielle – un classique du genre – avait été confiée à sept cents membres des forces spéciales Alpha et Zénith, vêtus d'uniformes indigènes et se déplaçant dans des camions militaires maquillés en véhicules afghans. Le 27 décembre, la détonation d'un engin explosif dissimulé quelques jours auparavant sous un arbre de la place centrale de la capitale donna le signal de l'as-

1. Comme en témoigna l'ambassadeur d'URSS Anatoli Dobrynine, Andropov fit établir vers la même époque une série de caches mortes dans des bars et des restaurants proches de bases américaines. Il envisageait d'y déposer des explosifs que l'on pourrait faire sauter de manière à donner l'impression d'attaques terroristes. Les emplacements choisis comprenaient l'arrière d'un distributeur automatique, une niche de ventilation située sous un évier, le dessus d'une poutre de bois surmontant des toilettes, et même le dessous d'un distributeur de serviettes en papier.

2. Malgré sa prudence habituelle, Andropov avait accepté l'idée d'« éliminer physiquement » le leader récalcitrant.

saut. Mais les gardes du palais opposèrent une résistance beaucoup plus vive que prévu, et une centaine d'hommes du KGB trouvèrent la mort avant que le palais fût pris et Amin abattu. Dans les semaines qui suivirent, deux cent cinquante mille soldats soviétiques vinrent soutenir l'armée afghane contre les rebelles. L'Occident, frappé par l'efficacité de l'intervention aéroportée à Kaboul, fut malgré tout effrayé par cette nouvelle étape du développement de l'activisme soviétique visant à établir un gouvernement à sa convenance. L'immixtion soviétique en Afghanistan ouvrait un conflit difficile et ruineux, comparable à ce qu'avait été le Viêtnam pour les États-Unis, conflit qui allait jouer un rôle considérable dans la phase finale de la guerre froide.

Espion en Allemagne de l'Est

En 1985, année de l'élection de Gorbatchev au Kremlin, la chance sourit de nouveau à Poutine. Il fut accepté pour suivre une nouvelle formation à Moscou, à l'Institut du Drapeau rouge, aujourd'hui Académie des renseignements extérieurs. Ses anciens professeurs le décrivent comme un étudiant sans défaillance: « Il ne posait aucun problème, il n'y avait pas lieu de douter de son intégrité. Il était cependant assez renfermé. »

Le major Poutine fut enfin préparé à se rendre à l'étranger et reçut le nom de code de « Platov ».

> Pendant ces études, explique-t-il, il était très clair, dès le début, que l'on me préparait pour l'Allemagne, car on m'avait incité à parfaire mon allemand. La seule question était de savoir si on allait m'envoyer en RDA ou en RFA. Pour aller en RFA, il fallait travailler dans le département correspondant de l'appareil central au moins deux ou trois ans.

Il fut donc affecté à Dresde, en RDA, au cœur du dispositif d'espionnage soviétique. En étroite collaboration avec la police politique allemande, la Stasi, il effectua plusieurs missions d'infiltration de second ordre : selon ses propres confidences, il s'occupa tout spécialement du ministère des Affaires étrangères de RFA.

> Le travail concernait le renseignement politique. Il s'agissait de collecter de l'information sur les hommes politiques, sur les plans de l'adversaire potentiel... Recrutement des sources, réception de l'information, traitement de celle-ci et réexpédition au centre. Il fallait réunir des données sur les partis politiques et leurs tendances, sur leurs dirigeants actuels et si possible futurs, sur la progression de certains dans la hiérarchie de leur parti et de l'administration publique. Il était important de savoir qui faisait quoi, la ligne suivie par le ministère des Affaires étrangères concernant notre pays, son influence sur la politique à l'égard de divers problèmes dans différentes parties du monde. Ou bien encore, par exemple, quelle serait la position de nos interlocuteurs aux négociations sur le désarmement. Pour obtenir de telles informations, les sources sont indispensables. C'est pour cette raison que nous menions parallèlement une activité de recrutement des sources... Un travail de routine.

Selon ses collègues de la première direction du KGB, Poutine décrit assez fidèlement la réalité de son travail en majorant toutefois l'importance de son rôle. S'il se souciait de l'évolution de la situation en Allemagne, qui risquait de devenir incontrôlable, il n'était qu'un fonctionnaire subalterne, loin des activités du groupe mythique Loutch (Rayon), chargé de faire remplacer les néostaliniens au sein de la direction de l'Allemagne de l'Est et d'avantager les éléments progorbatchéviens. Plus tard, en 1998, à peine nommé chef des services secrets, il chercha à savoir ce que ses patrons d'autrefois avaient véritablement pensé de lui. Le verdict n'était guère élogieux : Poutine avait toujours le même défaut, il était « peu sociable ». Au terme de son séjour en Allemagne, en 1989, il fut décoré de la médaille de bronze de la Milice nationale populaire. Cette distinction ne récompensait pas un exploit exceptionnel, comme l'expliqua le chef des services secrets est-allemands, Markus Wolf : « Secrétaire ou chauffeur, tous ont reçu cette médaille au bout de quelques années de travail sans manquement grave. »

Au début de l'année 2000, pendant sa première campagne électorale, de nombreuses publications présentèrent Poutine comme une sorte de James Bond soviétique œuvrant pour la légendaire ligne X, chargée de l'espionnage scientifique et technique. De toute évidence, ces informations relèvent de la manipulation. Comme l'a formulé son ancien patron du KGB[1] : « Poutine cherche ainsi à se mettre en valeur[2]. »

1. Vladimir Krioutchkov.
2. *Les Nouvelles de Moscou*, 20 janvier 2000.

En RDA, la vie quotidienne du couple Poutine, qui disposait d'un appartement et d'une voiture de fonction, s'améliora. Mais Lioudmila s'inquiétait du changement physique de son mari. L'homme qui l'avait séduite par sa silhouette svelte de judoka avait pris douze kilos, bière oblige... Elle émettait également quelques réserves face aux aléas du métier de son époux : « Quand il était au KGB, avoua-t-elle, nous menions dans l'ensemble une vie très isolée, bourrée d'interdits... » Ils habitaient en effet une sorte de ghetto réservé aux agents de renseignements, comprenant cinq appartements affectés aux fonctionnaires du KGB et quatre, aux officiers du GRU (renseignement militaire). Le bureau se trouvait à quelques minutes de marche, au 4, Angelikastrasse.

Lioudmila s'occupait de leurs deux petites filles, Macha, née à Leningrad, et Katia, qui avait vu le jour en Allemagne. À l'époque, la jeune femme partageait l'espoir de ses compatriotes pour la *perestroïka* de Gorbatchev. Elle fut ainsi l'une des premières à faire évoluer le « look » des apparatchiks en portant des maillots bariolés achetés dans les grands magasins de Dresde. Cependant, elle ne faisait pas de folies : les maigres économies du couple étaient destinées à l'achat d'une voiture[1], comble du luxe à la soviétique.

1. De marque Volga.

Le crépuscule du communisme en Allemagne de l'Est représenta une étape importante dans l'évolution personnelle du futur président russe :

> Dans un certain sens, la RDA m'a ouvert les yeux. Je pensais arriver dans un pays du centre de l'Europe. C'était juste à la fin des années 1980 et je me suis rendu compte, en parlant avec les employés de la Stasi, qu'ils se trouvaient, avec leur pays, dans la situation politique qu'avait connue l'Union soviétique longtemps auparavant. C'était un État totalitaire, à l'image du nôtre trente ans plus tôt. Et le plus tragique était que beaucoup de gens croyaient sincèrement aux idéaux communistes. Bien sûr, certains soupçonnaient que le régime ne tiendrait pas longtemps. La *perestroïka* battait son plein dans notre pays et beaucoup de choses étaient débattues ouvertement. Mais en RDA, tout restait encore tabou.

Le 7 octobre 1989 cependant, tout Berlin assista à une scène surréaliste à l'occasion du quarantième anniversaire de la RDA, alors même que l'État était en train de se déliter. Au cours des festivités, Gorbatchev avertit : « La vie sanctionne ceux qui arrivent en retard… » C'était une allusion publique à l'immobilisme d'Erich Honecker, le secrétaire général du comité central est-allemand. Mais en privé, le chef du Kremlin était allé plus loin encore. À l'issue d'un long entretien avec Honecker, il avait explosé : « J'en ai marre de ce vieux stalinien !... » Quelques jours plus tard, le malheureux fut effectivement éliminé. Mais trop tard : Egon Krenz, son successeur désigné, ne put éviter d'essuyer, dans les premiers jours de novembre, de violentes contestations de rue.

Dans l'intervalle, Erich Mielke, le responsable de la police politique est-allemande, rencontra le chef hiérarchique de Poutine, résident du KGB à Berlin. Il espérait toujours obtenir de Moscou des instructions fixant la conduite à tenir face aux manifestations de plus en plus nombreuses de la population. La réponse qu'il reçut ne prêtait pas à confusion : « Si vous utilisez la force, ne comptez pas sur nous. » Gorbatchev s'en tint en définitive à la promesse qu'il avait faite au chancelier ouest-allemand de ne pas intervenir. La chute du mur serait ainsi le choix des réformateurs de rompre avec la spirale de la répression.

Cette approche allait déterminer l'attitude du Kremlin, lorsque, dans la nuit du 8 au 9 novembre, les habitants de Berlin-Est commencèrent de franchir le mur. Le KGB n'eut pas le temps d'user d'un quelconque stratagème : les événements avaient pris de vitesse jusqu'aux services secrets... Ces derniers n'osèrent pas se prononcer alors contre la résolution du chef du Kremlin, mais ils allaient lui en tenir rigueur : d'une certaine façon, c'est ce jour-là qu'il fut décidé du putsch d'août 1991 contre Gorbatchev.

Une reconversion réussie

Le retour en Union soviétique en 1990 fut difficile pour l'officier du KGB de trente-huit ans. Afin d'éviter que les services secrets étrangers n'aient connaissance de l'identité de ses agents, il lui fallut détruire tous ses dossiers. Une tâche méthodique colossale, qui ne souffrait aucun à-peu-près. Laissons-le s'exprimer :

> Nous mîmes un terme à toutes nos liaisons, tous nos contacts, tous nos réseaux. J'ai brûlé personnellement une quantité énorme de documents. Le feu était si intense que le poêle a éclaté. Cela brûlait nuit et jour. Les documents les plus précieux étaient emportés à Moscou, mais ils ne représentaient plus d'importance opérationnelle. Tout le travail de nos sources avait cessé pour des raisons de sécurité. Les documents non détruits étaient remis aux archives.

Des problèmes personnels vinrent dans le même temps s'ajouter à cela, un grave accident de voiture contraignant Lioudmila à une longue hospitalisation.

Pourquoi Poutine ne fut-il pas affecté alors au siège du KGB à Moscou ? Il explique cette décision par sa propre analyse de la crise générale en URSS, affirmant avoir compris avant l'heure que les structures du régime n'avaient pas d'avenir : « Le pays lui-même n'avait pas de futur, mais restait les bras croisés à l'intérieur du système en attendant sa désintégration… C'était trop dur. » En réalité, selon nos sources, on ne lui avait rien proposé, sinon un poste sans grand intérêt à l'université de Leningrad. Aussi fut-il nommé assistant du recteur et chargé des relations internationales. Il fut immédiatement surnommé « Stasi » par les étudiants. Les mauvaises langues avaient pour une fois visé juste : le lieutenant-colonel du KGB était toujours considéré comme un membre de réserve actif des services secrets soviétiques.

Mais à la fin de l'année 1989, le maire démocrate de la ville, Anatoli Sobtchak, proposa à Poutine de devenir son chef de cabinet. L'idée avait été glissée à son oreille par un professeur de l'université[1]. Sobtchak savait que Poutine appartenait toujours aux services secrets, mais il espérait en tirer profit, notamment en obtenant des informations crédibles

1. En 2000, pendant la campagne présidentielle, les journalistes proches du pouvoir présentèrent Poutine comme le protégé de Sobtchak lorsque ce dernier enseignait à la faculté de droit de Leningrad, dans les années 1970. Encore une fois, la réalité est tout autre. Le jeune homme n'avait été qu'un étudiant parmi d'autres, et lui et Sobtchak s'étaient à peine croisés alors. Ces allégations ne dupèrent cependant personne.

sur la situation de Leningrad[1]. Quant aux chefs du KGB, ils n'y virent aucun inconvénient, puisque l'un des leurs allait se retrouver infiltré dans l'entourage direct d'une grande figure du mouvement démocratique. Poutine avoue que le KGB a tenté d'utiliser son influence auprès de Sobtchak, mais il affirme avoir toujours refusé de participer à ces manipulations.

1. Entretien avec l'auteur le 23 octobre 1991.

La fin du communisme

Gorbatchev avait entrepris à l'époque de consolider son emprise sur les principaux centres décisionnels du pays, non sans commettre une erreur capitale, qu'il résuma de la sorte : « Nous avons voulu garder notre influence sur le parti, oubliant le KGB, ce véritable État dans l'État, l'adversaire le plus dangereux des réformes. »

Que n'avait-il pourtant répété avec son ambiguïté légendaire : « Nous allons utiliser le PCUS et le KGB [les instruments de Staline] pour tuer le stalinisme. Il ne faut pas laisser ces monstres en liberté. »

D'après Poutine, si ce flou politique permit à l'homme de la *perestroïka* de mettre ses adversaires devant le fait accompli, les incohérences de sa démarche lui furent fatales. Son élan réformiste favorisa certes une expression culturelle et politique. Mais ce formidable changement était risqué et sans doute trop brutal pour l'homme de la rue, avant tout soucieux de son pain quotidien. Quant à l'explosion de la centrale de Tchernobyl, en avril 1986, elle illustra toute la défaillance d'un pays incapable de se protéger contre les risques de l'industrie moderne.

Selon l'analyse de l'actuel chef de l'État, « maître en manœuvres et en arrangements inattendus », Gorbatchev favorisa donc la réforme politique au détriment de la transformation économique (la première mesure prise concerna la lutte contre l'alcoolisme, avec pour résultat le développement de distilleries clandestines et du marché noir, rappelant ce que la prohibition avait entraîné aux États-Unis). La criminalité et l'économie parallèle en sortirent renforcées. Ainsi commença ce que Poutine appelle la « belle époque de la mafia ».

Libérés du contrôle totalitaire, les grands « barons rouges », directeurs d'entreprises d'État, en profitèrent pour écouler à leur profit leurs surplus hors des circuits officiels, tandis que de nombreux apparatchiks firent main basse sur des pans entiers de l'économie. Cependant que se développait une formidable pagaille, les trafiquants amassèrent des fortunes.

Point de convergence de l'élan réformateur et des poussées conservatrices, Gorbatchev incarnait le changement tout en demeurant le chef de la nomenklatura. En réalité, le président récemment élu de l'URSS [1] n'acceptait pas sa position d'apprenti sorcier. Dépassé par les événements, il essayait de les contrôler, sinon de manipuler les représentants des deux tendances opposées de son entourage.

1. En mars 1990.

À l'époque, tout était ambigu. « Nous sommes plongés dans le chaos », déclarait-il, conscient que le pays affrontait une crise sans précédent. Un député proche du KGB s'était alors écrié : « Une main de fer ! Un Staline, voilà ce qu'il nous faut ! » À cet appel, Gorbatchev n'avait répondu mot. Mais en privé, il soulignait sa rupture définitive avec l'héritage du « petit père des peuples », répétant d'une manière pathétique : « Tout le monde sait que je ne serai pas un dictateur. Si j'avais voulu en être un, il m'aurait suffi de garder les pouvoirs dont je disposais déjà… »

En 1991, l'Histoire s'accéléra. Le 7 janvier, les parachutistes de l'Armée rouge entrèrent dans les États baltes afin d'empêcher l'éclatement de l'URSS. En réaction, le 19 février, Boris Eltsine, chef de l'opposition démocratique, appela à « déclarer la guerre à la direction soviétique ». Dans la foulée, la Géorgie proclama son indépendance. Fin avril, Gorbatchev réunit dans sa datcha les dirigeants des républiques favorables à une « union innovée ».

À la veille de la chute de l'URSS, en juin, les habitants de Leningrad choisirent par référendum de rétablir l'ancien nom de leur ville : Saint-Pétersbourg (en sa qualité d'adjoint au maire, Poutine participa activement à l'organisation de ce vote qui fut perçu non seulement comme une négation du communisme, mais aussi comme une nouvelle impulsion vers l'Europe, marquée par une nostalgie du passé). De cette métropole qui avait été à la fois le berceau et la ruine de la

Révolution, le poète Joseph Brodsky, dernier chantre des mystères pétersbourgeois, écrit encore :

> Silencieuse, figée, la cité regardait passer les saisons. [...] C'est une cité où, en quelque sorte, la solitude est plus facilement supportée qu'ailleurs, car la ville elle-même est solitaire. On se console étrangement à l'idée que ces pierres n'ont rien de commun avec le présent et encore moins avec le futur. Plus ces façades pénètrent dans le XXe siècle, plus elles paraissent hautaines, ignorant superbement les temps nouveaux et tous leurs soucis.

À l'époque, Poutine fut très prudent : il demeura loyal à son supérieur, le maire démocrate Sobtchak, mais observa avec un scepticisme grandissant Gorbatchev, qui perdait le contrôle de la situation. Au début de l'été, après moult hésitations, ce dernier projeta enfin de limoger le chef du KGB ainsi que plusieurs ministres allergiques aux réformes, dès la signature du traité de l'Union, fixée au 20 août, qui devait proclamer la fin de l'URSS. Immédiatement, la direction du KGB tira cette conclusion logique : l'introduction de l'état d'urgence était le seul recours envisageable pour mettre un terme à la *perestroïka* en plaçant tout le monde devant le fait accompli... Et de nouveau, comme au temps de la police des tsars, ces démarches furent marquées par une série de manipulations à double fond. L'opposition démocratique disposait en effet d'une taupe au sein du

KGB. Par ses soins, les réformateurs furent informés qu'un coup de force se fomentait[1].

Personne n'ignorait donc qu'un coup d'État se préparait : Eltsine, Gorbatchev, Sobtchak, les Américains... C'était dans l'air. Pourtant, des années après, le grand public s'interroge toujours. Pourquoi ont-ils tous gardé à l'époque le silence sur ce qu'ils savaient ? En réalité, chacun jouait son propre jeu, pensant que, dans cette situation embrouillée, il pouvait sortir vainqueur au détriment des autres.

Le 4 août, Gorbatchev partit pour la Crimée passer ses vacances d'été. Le lendemain de son départ, le chef du KGB et ses complices (dont les plus importants étaient les ministres de la Défense et de l'Intérieur) se constituèrent en comité pour l'état d'urgence. Durant deux semaines, ils préparèrent les mesures d'exception destinées à empêcher la signature du traité de l'Union. Les conservateurs escomptaient ainsi s'attribuer des pouvoirs exceptionnels et rétablir la censure, sans pour autant ternir l'aura démocratique dont l'Occident avait paré Gorbatchev. Parallèlement, le président du KGB fit vider deux étages de cellules de la prison principale de Moscou en vue d'y recevoir d'éminents prisonniers et, dans l'éventualité où l'affaire tournerait mal, un bunker fut installé pour

1. Le maire de Moscou, Popov, eut une conversation à ce sujet avec l'ambassadeur américain en URSS Metlok et en avisa Boris Eltsine. Yakovlev, idéologue de la *perestroïka*, en parla plusieurs fois à Gorbatchev. J'ai personnellement transmis cette information à Sobtchak.

le comité, au siège des services secrets. La machine stalinienne était prête à tourner.

Le 18 août, les conjurés tentèrent une dernière fois de convaincre Gorbatchev de proclamer l'état d'urgence. En vain. Aussi l'assignèrent-ils « temporairement » à résidence, annonçant le lendemain que le président se trouvait dans l'incapacité d'assumer ses fonctions pour « raison de santé ». Les conspirateurs ne tardèrent pas à comprendre que les vieux mécanismes autocratiques étaient déjà trop usés pour permettre tout retour en arrière. Le coup d'État échoua donc en quatre jours, sans effusion de sang. Un miracle dans ce pays doté de dix mille têtes nucléaires, où la violence est vécue comme une tradition… Allant à l'encontre de l'objectif des putschistes, le résultat de cette action spéciale fut d'accélérer l'éclatement de l'Union soviétique. Sur les sept mille réformateurs que le KGB prévoyait d'incarcérer, pas un seul ne fut arrêté.

Dans ces circonstances dramatiques, Poutine resta fidèle à son supérieur Sobtchak et l'aida à organiser la résistance en mettant notamment sur pied, le 20 août, une énorme manifestation antiputschiste dans les rues de Saint-Pétersbourg.

Le lendemain, l'empire de Staline s'effondra comme un château de cartes. Libéré par les gens d'Eltsine, Gorbatchev, hagard, rentra à Moscou. Toutes les républiques de l'Union soviétique proclamèrent alors leur indépendance. La dictature qu'avaient instaurée les bolcheviks le 7 novembre 1917 avait duré soixante-treize ans et demi…

À vrai dire, sur le plan technique, l'échec de ce coup de force s'explique simplement. Le ministre de la Défense, Yazov, vieux vétéran de la guerre, avait averti les conjurés : « Si vous voulez tirer sur la foule, je ne vous suivrai pas. » Ainsi ses chars entrèrent-ils dans Moscou sans munitions, privant *de facto* les putschistes du soutien de l'armée. Un tel revers doit également être mis au crédit de la détermination d'un Boris Eltsine fort d'une légitimité conquise au suffrage universel en juin 1991, lors de son élection au poste de président de la Russie. En appelant à la résistance du haut d'un tank sur lequel il était parvenu à monter, il a laissé de lui une image symbolique.

Mais ce 19 août 1991 demeure un moment fatidique, car il a démontré que les structures centrales du système stalinien avaient pu imploser en quelques heures. Aujourd'hui, Poutine n'aime guère évoquer ces événements, car ils lui rappellent la disparition de l'URSS, la « plus grande catastrophe géopolitique du XXe siècle » à ses yeux.

L'agonie de l'empire soviétique se prolongea quatre mois. Début décembre, les dirigeants russes, ukrainiens et biélorusses proclamèrent que l'URSS avait « cessé d'exister ».

Le 23, Eltsine et Gorbatchev se rencontrèrent pour régler la passation de pouvoir. Plusieurs heures durant, le président déchu transmit à son successeur les derniers secrets de Staline, parmi lesquels figuraient les protocoles du pacte signé avec Hitler en

1939 et les documents concernant l'assassinat, par les services secrets du dictateur, des officiers polonais à Katyn, en 1940-1941. L'aigle impériale à deux têtes fut choisie comme emblème, et bientôt les restes du tsar Nicolas II et de ses proches allaient être inhumés en grande pompe à Saint-Pétersbourg (Poutine organisa personnellement cette cérémonie en sa qualité de maire adjoint).

Boris Eltsine avait promis de débarrasser son pays de l'idéologie communiste, mais sa démarche fut une fois de plus contradictoire. D'une part, il posa la nouvelle Russie en héritière de l'URSS ; de l'autre, il fit du tsarisme sa référence majeure. À vrai dire, Eltsine avait décidé de privilégier la « réconciliation nationale » plutôt que la reconnaissance des crimes du système totalitaire. Le simulacre de « procès du PCUS » à la Cour constitutionnelle de Moscou, en 1992, se solda par un non-lieu. Cette parodie du tribunal de Nuremberg ouvrit néanmoins la voie au concept néostalinien de continuité de l'histoire russe – empire des tsars-empire soviétique-État russe –, qui allait prendre son essor sous Poutine. Quant aux services secrets actuels, ils se revendiquent comme les dignes héritiers du KGB, leur grand prédécesseur…

Les premières années postcommunistes

Une nouvelle vie commença pour le futur président Poutine. Le couple bénéficia d'un luxueux appartement dans le centre de Saint-Pétersbourg et fit l'acquisition de deux terrains de 3 000 m² dans la campagne environnante, sur lesquels il fit construire une datcha. Par malheur, la datcha flamba lors de son inauguration, après que l'on eut allumé le sauna. Les Poutine ne baissèrent pas les bras pour autant et achetèrent une nouvelle maison de campagne de 150 m² dans une coopérative dirigée par un représentant présumé du clan criminel de Tambov, estimée à un demi-million de dollars (ce qui provoqua le courroux des détracteurs de l'adjoint au maire, car son salaire déclaré ne permettait pas une telle acquisition).

Poutine a toujours entretenu des liens étroits avec l'Allemagne. Il s'est souvent joint à Sobtchak lors de ses voyages à l'étranger, notamment (outre l'Allemagne) en France et en Italie. En visite avec lui à Bonn (peu après la tentative de coup d'État d'août 1991), il lui a même servi d'interprète. Il a rencontré à plusieurs reprises Helmut Kohl [1], mais toujours en présence de Sobtchak.

En une occasion, il a accompagné Henry Kissinger. Poutine lui a confirmé son appartenance au KGB et a été fort étonné de la réponse de l'Américain : « Tous les honnêtes gens ont commencé par les services secrets ! » Lorsque, au cours d'une réunion à l'aéroport en présence du vice-président américain Al Gore, un des employés du consulat des États-Unis bouscula un général russe des services secrets, Poutine exprima son mécontentement par la voie diplomatique, et le diplomate fut immédiatement rappelé.

Sobtchak, souvent en déplacement, déléguait ordinairement ses pouvoirs à son bras droit. Poutine devint donc très vite le véritable gestionnaire de Saint-Pétersbourg, administrant tout d'abord le comité des relations extérieures. Ainsi prit-il l'initiative d'y installer de grandes banques étrangères. Expérience oblige, il avantagea en premier lieu les sociétés allemandes. Tout passa bientôt sous sa coupe : direction de l'administration, direction judiciaire, direction hôtelière, direction commerciale, forces de l'ordre.

Durant cette période, il fut la cible des critiques, car Saint-Pétersbourg, devenu un haut lieu de la criminalité russe, était dominé par la mafia de Tambov. Le

1. Dont il parle avec beaucoup de respect dans son livre (*op. cit.*).

procureur général de l'époque[1] affirma que Poutine exerçait des activités économiques incompatibles avec ses fonctions d'adjoint au maire, mais il ne put apporter aucune preuve documentée à l'appui de ses dires.

Dans cette ambiance de corruption totale, Poutine ne « se montra [pourtant] pas avide de pots-de-vin », comme me l'a rapporté le président de la station de radio Europa Plus, Georges Polinski, en me racontant la saga de l'installation de sa société sur les bords de la Neva. En revanche, il est incontestable qu'il eut des contacts permanents avec la pègre, devenue partie intégrante de l'élite économique du pays. La bande de Tambov contrôlait le marché du pétrole, assurant *de facto* la direction de la compagnie pétersbourgeoise d'hydrocarbure, et les circuits financiers, par l'intermédiaire des banques. Poutine n'hésitait d'ailleurs pas à recourir aux services secrets, afin d'assurer la sécurité de Sobtchak – ce fut notamment le cas pendant le putsch d'août 1991[2].

L'adjoint au maire acceptait parfois de servir de guide pour les visiteurs étrangers, en particulier allemands. Faisant ainsi découvrir le palais Ioussoupov à ses hôtes, peu après la tentative de coup d'État, il livra sa propre version du rôle que joua Raspoutine sur la vaste scène de l'histoire russe. Si le Sibérien, qui avait tour à tour

1. Iouri Skouratov.
2. Entretien de Sobtchak avec l'auteur le 23 octobre 1991.

été perçu comme un mystique, un prophète et un gourou, avait parfois «fait» des ministres, son souhait le plus intime avait été de venir en aide au couple impérial, égaré dans un monde effrayant. Poutine affirmait que la fable d'un Raspoutine tout-puissant, qui aurait détenu les rênes du pays et poursuivi d'obscures visées comme agent des Allemands ou des Juifs, ou même de Satan, était l'«une des grandes mystifications de ce siècle».

La destinée de Raspoutine s'enracine en effet dans une conjoncture particulière à Saint-Pétersbourg: le crépuscule de la Russie des tsars, le mysticisme des Romanov, la Première Guerre mondiale. Certes, l'apparition de cet homme à la Cour au moment de la première révolution de 1905 est un signe de la faiblesse interne du régime et – point essentiel dans le contexte de la Russie autocratique – de la singularité psychologique du couple impérial.

Raspoutine mena une vie extraordinaire, mélange de fantasmes étranges et de faits plus surprenants que n'importe quelle fiction. Aussi devint-il une légende, à tel point que, presque cent ans après sa mort, il a rejoint le panthéon des surhommes «diaboliques» de l'histoire. À vrai dire, son nom a toujours suscité un intérêt malsain. Le «moine fou» ou le «plus grand coup du siècle» sont ainsi les deux expressions généralement utilisées pour désigner cet homme qui à lui seul, dit-on, par l'ascendance qu'il exerçait sur le tsar et la tsarine, détruisit l'Empire. Les Russes ont d'ailleurs inventé un terme pour caractériser cette influence : la *raspoutinerie*, ou la *clique Raspoutine* (*raspoutinchtchina*).

Nous verrons plus loin, à ce propos, comment Poutine sera amené, lui aussi, à agir en homme de l'ombre.

Les années Eltsine

Après l'échec du putsch de Moscou d'août 1991, quelques bons bougres bien-pensants crurent que l'influence de la police politique allait disparaître avec la fin de l'empire soviétique. Il n'en fut rien.

Poutine était perturbé. Comme tant de ses compatriotes, il était taraudé par une question : comment sortir en quelques jours à la fois de soixante-dix ans de communisme et de mille ans d'histoire ? L'exercice du pouvoir n'avait jamais reposé sur la loi, mais sur la volonté d'un tsar, souvent sous influence, ou sur le système des règles bolcheviques.

Dès le début de sa prise de fonction, en décembre 1991, Boris Eltsine renoua avec la tradition de la manipulation politique, au détriment de la transparence propre à la démocratie, jonglant habilement avec les prérogatives qu'il s'était offertes. S'étant entouré de « boyards », conseillers influents et concurrents, il joua de leurs oppositions, les renvoyant dos à dos.

Tous les trois mois pratiquement, les soucis de santé du président le contraignaient à disparaître de la vie publique pour des périodes de plus en plus longues. Ces fréquents séjours obligeaient la plupart des ministres à faire des navettes régulières entre Moscou et Sotchi, l'éden de la mer Noire, où la vie du «tsar Boris» frisait la caricature. On lui administrait des cocktails de vitamines concoctés par les médecins du Kremlin; on lui prescrivait des massages magnétiques inspirés des pratiques des guérisseuses caucasiennes, afin qu'il puisse apparaître en public en donnant l'image d'un chef d'État responsable, capable de prendre des décisions et d'imposer clairement sa volonté.

C'était aussi à Sotchi que s'accomplissait le rite des *bania*, les fameux bains russes qui, depuis l'époque païenne, demeurent une sorte de mythe. Si Raspoutine y avait apprécié la présence des dames, Eltsine préférait y retrouver ses amis, ce qui ne manqua pas, au début, de le rendre sympathique aux yeux de ses compatriotes.

Avant sa maladie cardiaque, le chef du Kremlin en respectait les usages ancestraux: flagellation mutuelle dans la vapeur à l'aide de bouquets de branches de bouleau[1], bains d'eau glacée suivis d'exercices dans la neige et, pour conclure, une bonne rasade de vodka ou de bière fraîche. Si l'homme de la rue se plaisait à fantasmer sur les rendez-vous galants des *bania*, les ambitieux et les courtisans se flattaient, eux, d'appar-

1. Les *berioska*.

tenir à ce club très fermé que l'on nommait le « réseau *bania* », où étaient prises des décisions majeures. Y être invité était un signe d'appartenance au cercle des initiés, avec les avantages qui en résultaient. À partir de 1991, certains compagnons de bain du président connurent ainsi des promotions aussi fulgurantes qu'éphémères. En revanche, ne plus être convié révélait immanquablement sa disgrâce. En quatre ans, le favori d'Eltsine, Korjakov, passa du statut de garde du corps à celui de général, de chef de la sécurité présidentielle et de maître d'un véritable cabinet occulte contrôlant toutes les activités du président russe, jusqu'à son limogeage en juin 1996. Il avait été en mesure d'influencer Eltsine dans des affaires d'État qui dépassaient largement son niveau d'expérience et de compétence, et avait lourdement pesé sur des décisions essentielles pour le pays.

L'ex-garde du corps devenu éminence grise ne détenait cependant pas un pouvoir exclusif : si le « tsar Boris » était entouré de toute une coterie – la fameuse *raspoutinchtchina* que nous évoquions précédemment –, il savait jouer des rivalités de personnes ou de tendances.

Ce serait sans doute une erreur de tirer des conclusions hâtives de cet art particulier de gouverner. Dans les souterrains du Kremlin, derrière les trompe-l'œil, on trouve souvent des fresques authentiques. L'omniprésence de ces conseillers d'opérette ne dissimulait-elle pas des forces plus influentes qui remplissaient le vide laissé par l'effondrement de l'ancien système ?

Poutine déteste cette période, qu'il appelle avec ironie les « flamboyantes années 1990 ». Placé à un point d'observation privilégié à la mairie de Saint-Pétersbourg, il était alors conscient que, derrière les artifices, le véritable détenteur du pouvoir en Russie était une coalition hétéroclite. S'y retrouvaient, pêle-mêle, des clans connus, des réseaux d'affaires occultes, les services secrets, des lobbies militaires, bref un magma politico-financier issu de l'ex-nomenklatura soviétique.

Le Kremlin était à la fois l'arène où les uns et les autres s'affrontaient, se déchiraient et se recomposaient, mais aussi une vitrine étatique permettant de maintenir et de projeter l'image d'un pouvoir régulier. Une image que le président se devait d'incarner, eût-il été impotent.

Ces lobbies (qui représentaient notamment l'industrie du gaz et du pétrole, la mafia et l'ancien KGB) firent triompher les méthodes traditionnelles propres aux hommes de l'ombre. La manipulation et la désinformation, l'amalgame et les raccourcis, la provocation, le chantage et les intrigues byzantines étaient toujours là pour se substituer au jeu normal de la démocratie. Cependant, Poutine constata vite qu'il fallait ajouter à ce tableau une autre dimension de taille : une corruption fondée sur des moyens financiers sans précédent.

Pourquoi ces groupes d'influence disposaient-ils de tant d'argent ? D'où provenaient ces sommes faramineuses ? Sous Gorbatchev, déjà, avait émergé un nouveau centre du pouvoir de plus en plus lié à la mafia traditionnelle, ainsi qu'aux nouvelles structures criminelles disposant de moyens financiers exceptionnels.

À cette époque, la propriété privée n'existait pas encore et les banques d'État n'accordaient que très peu de mobilité à l'argent. Les médias, en revanche, s'étaient libérés ; la pression du KGB semblait s'être relâchée ; le rôle du parti avait diminué. Sur une toile de fond d'insuffisances législatives, l'économie se développa de manière chaotique, laissant une marge de manœuvre sans pareille aux structures criminelles en mal de placements efficaces.

La politique économique contradictoire menée par Gorbatchev donna aux « barons rouges » de l'industrie, nous l'avons vu, une autonomie jamais atteinte en Union soviétique. Les directeurs des entreprises exportatrices assuraient désormais *de facto* la gestion de leurs ressources en devises et, souvent, détournaient l'argent mis à leur disposition. Selon Poutine, durant la dernière année de la présidence de Gorbatchev, plus de 100 milliards de dollars partirent à l'étranger. Vingt milliards sortaient également chaque année vers l'Occident sous la présidence d'Eltsine (entre 1991 et 2000). Une fuite de capitaux sans précédent dans l'histoire économique mondiale.

Et les chemins sinueux du destin des figures emblématiques du pays ne représentent que la partie visible de l'iceberg…

« On m'a nommé milliardaire »

En 1991, un groupe de jeunes économistes proches d'Eltsine préconisa de privatiser toutes les entreprises russes. Les raisons qui allaient pousser le gouvernement à s'engager dans un processus aussi radical furent déterminées par la tentative de coup d'État du mois d'août, qui avait clairement démontré qu'une partie de la classe politique de l'époque refusait les réformes.

Aujourd'hui, Poutine critique avec virulence les nombreux conseillers étrangers, notamment américains, qui ont œuvré à la privatisation totale de l'économie russe. Pour les réformateurs, il s'agissait de provoquer des changements suffisamment profonds, de manière que tout « retour en arrière » (vers le système communiste) soit techniquement et politiquement impossible. De ce point de vue, la privatisation des années 1992-1994 fut une réussite. Mais en pratique, selon le président Poutine, ce processus s'est déroulé dans une totale opacité. « On m'a nommé milliardaire. » Cette boutade de l'homme de la rue explique comment fut organisée la grande braderie des biens nationaux en Russie. Du jour au lendemain, des apparatchiks, anciens ministres et hauts responsables du parti, qui avaient commencé à s'enrichir pendant la *perestroïka*, se firent banquiers ou businessmen et devinrent *de facto*, avec la bénédiction du KGB qui les qualifiait de « milliardaires autorisés », propriétaires de secteurs entiers de l'économie.

Dans ce contexte, Poutine, en tant que premier adjoint du maire de Saint-Pétersbourg, travailla quotidiennement avec les trois profils types des acteurs économiques russes entre 1993 et 1996 : la nomenklatura reconvertie dans les affaires, les acteurs de la mafia et les nouveaux hommes d'affaires indépendants, ces derniers étant nettement minoritaires – de 15 à 20 % selon les sondages menés par le sociologue Iouri Levada, qui tôt ou tard allaient être obligés de passer sous le contrôle des deux premiers (respectivement 40-45 % et 35-40 %). D'après les estimations du vice-président du comité pour la sécurité de la douma [1], la Chambre basse du Parlement russe, 40 % des entreprises privées de Saint-Pétersbourg et jusqu'à 60 % des entreprises d'État, ainsi que plus de 50 % des banques étaient contrôlées par les groupes criminels.

Le seul incident réel qui ternit cette période pour Poutine reste un prétendu rapport des services secrets ouest-allemands du BND [2], datant de 1999, concer-

1. Alexandre Koulikov.
2. Le service des renseignements extérieurs de l'Allemagne fédérale.

nant ses activités à Saint-Pétersbourg. L'original de ce document n'a jamais été publié et les sources des informations qu'il contient sont méconnues, mais son contenu fut rendu public par le journaliste allemand Jürgen Roth et son homologue russe Anastasia Kirilenko[1]. Il confirme un fait connu : jusqu'en 2000, Poutine fut le conseiller bénévole de la société SPAG dirigée par l'avocat luxembourgeois Rudolf Ritter, lui-même accusé par les services secrets de Berlin d'avoir blanchi l'argent de la drogue colombienne. Le rapport n'affirme pas que Poutine était au courant des activités clandestines de cette société, mais constate en parallèle que Saint-Pétersbourg, à l'époque, a été « inondé de personnages douteux venus de l'Ouest »...

1. Radio Svoboda, janvier 2014.

La « méthode Poutine »

La « méthode Poutine » remonte à cette époque. Ainsi l'adjoint au maire essaya-t-il de travailler avec tout le monde en évitant d'être dépendant d'un seul clan. Tout en étant contraint de garder des relations avec la mafia, il entretenait des contacts privilégiés avec les services secrets et les généraux de l'armée dirigeant la région militaire de Saint-Pétersbourg (dans ce milieu d'ailleurs, le lieutenant-colonel du KGB Poutine était de loin mieux considéré que le « libéral occidentalisé » Sobtchak).

L'accusation la plus grave portée sur sa gestion remonte au mois de décembre 1991. Poutine demanda au gouvernement d'accorder à la ville des quotas d'exploitation de pétrole et de métaux non ferreux, pour la somme de 122 millions de dollars. En échange, il devait, pour faire face à la pénurie, assurer l'approvisionnement des Pétersbourgeois en produits alimentaires. Le résultat de ce troc fut plus que pitoyable : seuls deux cargos d'huile de table furent livrés – rien d'autre. Une commission d'enquête fut créée afin d'analyser les répercussions de cette escroquerie, et le futur chef du Kremlin faillit bien affronter la justice. Mais le maire imputa ces abus aux structures commerciales, qui n'auraient pas respecté les accords conclus avec la municipalité. Rien de surprenant si, après cette affaire, Poutine afficha son souci de respecter scrupuleusement la légalité. Cette question adressée à ses consultants allait désormais devenir une rengaine : « Est-ce légal ? »

Une autre affaire remonte également à cette époque, mais elle ne fut portée sur la place publique qu'en 2011 : au début de l'année 1991, Poutine dirigea le département international de la mairie de Saint-Pétersbourg. À ce titre, il créa une société mixte d'importation de matériel médical, Petromed, et chargea un ex du KGB et Sergueï Kolesnikov, ancien patron d'un laboratoire militaire, de gérer cette compagnie, que les deux hommes rachetèrent en 1996. Dès qu'il s'installa au Kremlin, quatre ans plus tard, Poutine se souvint de ses amis. Il leur aurait proposé d'octroyer des contrats prodigieux à Petromed à la condition que 35 % des recettes soient détournées vers les comptes d'une société luxembourgeoise, Lirus, dont le nouveau président russe détenait, selon Sergueï Kolesnikov, 90 % des parts – « toutes au porteur, donc non nominatives ». D'après l'homme d'affaires, au moins 500 millions de dollars auraient été ainsi accumulés, de 2000 à 2007, sur les comptes de Lirus. Le magot aurait permis à Poutine d'acheter, via des prête-noms, plus de 20 % de la grande banque Rossia (dirigée par l'un de ses proches), etc.

En 2011, Sergueï Kolesnikov a livré ces informations à deux quotidiens anglo-saxons, le *Washington Post* et le *Financial Times*, qui les ont fait étudier par des cabinets d'avocats. Ces derniers ont constaté que, s'il ne possédait pas la preuve absolue de ce qu'il avançait – c'est-à-dire un document signé de la main de Vladimir Poutine –, et malgré les démentis du Kremlin, cette version se révélait plausible.

Même si elle est toujours propagée par la presse [1], il n'en existe à ce jour aucune preuve matérielle.

1. Voir *Le Nouvel Observateur* du 6 avril 2014.

L'administration Eltsine

En 1996, Anatoli Sobtchak perdit la mairie de Saint-Pétersbourg, et Poutine, son travail. Pour se trouver une nouvelle affectation, l'ancien adjoint au maire disposait d'un réseau à Moscou au sein de l'administration présidentielle et du gouvernement, où travaillaient plusieurs anciens de Saint-Pétersbourg, notamment un vice-Premier ministre, Alexeï Bolchakov, ainsi que le très influent chef de la campagne électorale d'Eltsine en 1996, Anatoli Tchoubaïs, et son équipe d'économistes libéraux.

Étrangement, la première proposition d'emploi que l'on fit à Poutine ne vint pas de ses alliés, mais de l'intendant de Boris Eltsine, Pavel Borodine, qui intervint pour lui faire attribuer une place dans les services du Kremlin. Le décret de nomination était sur le point d'être signé, lorsque le président nomma Tchoubaïs responsable de l'administration présidentielle. À cette époque, Eltsine, qui venait d'être victime d'un nouvel infarctus, était hospitalisé et se préparait à subir une grave opération à cœur ouvert. La nomination de

Tchoubaïs visait à placer un homme de confiance au sein de l'administration du Kremlin.

Dans la réorganisation des services, le poste dévolu à Poutine fut supprimé. Tchoubaïs, cependant, n'oublia pas ce dernier et lui offrit la direction des relations publiques dans son équipe. Nullement enthousiasmé par cette perspective, l'intéressé décida néanmoins, faute de mieux, d'accepter cette affectation. Mais lorsque Alexeï Bolchakov, propulsé numéro deux du gouvernement, apprit sa déconvenue, il appela aussitôt Pavel Borodine.

Grâce à cet appui décisif, Poutine fut finalement promu adjoint de Borodine, directeur du « département des affaires générales de l'administration présidentielle » (cabinet de Boris Eltsine), pour traiter des affaires légales et des avoirs russes à l'étranger – nous abordons là le troisième visage du personnage.

Le patrimoine géré par cette administration, c'est-à-dire l'héritage des biens de l'ancien parti communiste, était colossal : trois millions de mètres carrés de bureaux (l'ensemble des bâtiments officiels de la capitale russe), deux mille datchas, autant d'appartements, de vastes terrains constructibles, des complexes hôteliers et une multitude de propriétés dans soixante-dix-huit pays, les maisons de repos du gouvernement, le parc automobile officiel, la compagnie aérienne de la présidence et des relais de la télévision nationale.

Ainsi les Poutine s'installèrent-ils à Moscou. Lioudmila ne fut guère enchantée par cette promotion.

Cependant, la vie y avait ses avantages, notamment pour ses filles qui purent suivre l'enseignement délivré par l'école de l'ambassade d'Allemagne et parlent à présent un allemand parfait, sans accent.

Il s'agit sans doute de la période la plus délicate de l'ascension du futur président russe. Comme autrefois à propos des persécutions des dissidents dans les années 1950, Poutine répète invariablement ne pas avoir été au courant des contrats douteux qui auraient été conclus par ses supérieurs à cette époque. Pourtant, en ces années-là, il se trouvait au poste stratégique d'adjoint de l'intendant du Kremlin, puis, à partir de mars 1997, de directeur central du contrôle de l'administration présidentielle. Quant aux juges d'instruction helvétiques, ils sont formels : c'est justement entre juin 1996 et juillet 1998 que le supérieur direct de Poutine, Borodine, aurait empoché la modique somme de 25 millions de dollars[1]. Borodine fut la figure symbolique de cette fièvre affairiste qui accompagna la chute de l'URSS, marquée par la mise en place d'un immense système de rémunérations et

---

1. « Selon le juge genevois Daniel Devaud, l'escroquerie présumée concernait trois opérations : les rénovations de l'avion présidentiel, de la Chambre des comptes et du palais du Kremlin. Preuves à l'appui, le magistrat donne des détails très précis : les travaux auraient d'abord été surfacturés à une société suisse, Merkata, dirigée par le Russe Viktor Stolpovskikh qui aurait empoché 492 millions de dollars et reversé 62,52 millions de pots-de-vin. L'argent transitait d'abord par l'île de Man, puis repartait vers des comptes à Genève, Lugano, Zurich, Guernesey et Nassau. Leurs titulaires étaient des sociétés écrans basées à Chypre, au Liechtenstein, à Panama ou aux îles Vierges » (cité d'après *Le Point*, 22 septembre 2000).

de services croisés qui reliait une grande partie de la classe politique russe, toutes tendances confondues.

Les « talents » permirent de transformer cette confusion entre fortunes privées et patrimoine d'État en véritable stratégie politique au service d'Eltsine, de sa famille et de ses amis, en créant un mécanisme assurant les allégeances envers le « tsar Boris ». Ces puissants réseaux pénétrèrent tous les niveaux de l'État, des petits commis des bureaux aux plus puissants gouverneurs des régions.

Sous les ordres du président Eltsine, Poutine semblait concentrer son attention sur un tout autre domaine où la corruption battait également son plein, constituant de volumineux dossiers détaillés sur chacun des quatre-vingt-neuf dirigeants des sujets de la Fédération. Plus tard, ces informations allaient lui être précieuses pour « persuader » les hommes forts de ces provinces de le soutenir lors des élections présidentielles.

Retour au sein des services secrets

Le 20 juillet 1999, un énième éphémère Premier ministre d'Eltsine[1] convoqua Poutine de manière impromptue à l'aéroport pour lui annoncer sa nomination au poste de directeur du FSB. Selon ses dires, le nouveau patron des services secrets ne fut pas enchanté par la nouvelle, car il ne souhaitait pas « traverser deux fois la même rivière ». Formellement, le KGB était mort en 1991 et comme principal instigateur du putsch, son président avait été poursuivi en justice.

Les structures avaient été démantelées et divisées en divers organes : le FSK, en charge du contre-espionnage ; le Fapsi, des communications ; le SVR, du renseignement extérieur ; le service de protection de la sécurité, des organes du pouvoir ; et les gardes-frontières. Passant de sept cent mille à quelque quatre-vingt mille employés, le KGB nouvelle formule sortit affaibli, principalement chargé de la lutte contre la mafia, la corruption et le trafic de drogues.

1. Sergueï Kirienko.

Dès 1995 néanmoins, en plein conflit tchétchène, le FSK fut rebaptisé FSB, Service fédéral de la sécurité, retrouvant ainsi non seulement une partie de ses compétences, mais aussi les méthodes autrefois utilisées contre les dissidents soviétiques. Nombreuses furent les bavures. En janvier 1996, l'intervention des forces d'élite du FSB à Pervomaïskoïe, un village du Daghestan pris en otage par des combattants tchétchènes, se solda par une centaine de morts et la fuite des terroristes.

Le KGB a en revanche parfaitement réussi sa reconversion. Les ex-guébistes sont toujours omniprésents dans la diplomatie, les médias, les grands établissements industriels et bancaires. À la fin des années 1980, ils sont parvenus à infiltrer pratiquement toutes les structures mafieuses importantes dirigeant l'économie de l'ombre.

Dès son arrivée au siège des services secrets, Poutine apprécia tout particulièrement cette formidable capacité d'adaptation des agents du KGB. Lui-même n'avait-il pas effectué une reconversion spectaculaire tout en demeurant fidèle à sa maison mère ? Il avait en effet toujours été persuadé que les agents du KGB étaient les mieux préparés à survivre à l'effondrement du système soviétique, comprenant avant tout le monde que son temps était révolu. En contact direct avec les pays de l'Ouest, ils étaient aptes à faire face à ces grandes transformations.

Les agents secrets s'étaient reconvertis dans les services de sécurité des grands conglomérats industriels qui avaient proliféré sur les décombres du communisme. Mais les hommes du KGB étaient également présents dans les partis politiques ou au sein d'établissements bancaires et de sociétés off-shore mis en place par le Kremlin dans les paradis fiscaux où, au moment de la chute de l'URSS, les services secrets s'étaient chargés de protéger le trésor de guerre du parti[1].

La force de Poutine comme nouveau chef des services secrets ne tenait donc pas dans son savoir-faire politique, mais dans l'utilisation efficace des méthodes qu'il avait apprises au cours de sa carrière d'espion. Le président Eltsine avoue dans ses *Mémoires* avoir été subjugué lorsque Poutine risqua sa carrière pour organiser la fuite à l'étranger de son ancien patron Sobtchak, destitué de la mairie de Saint-Pétersbourg après qu'on l'eut accusé sans preuve d'avoir perçu des pots-de-vin. Poutine, à peine nommé à la tête des services secrets, s'était en effet rendu tout spécialement sur place afin de superviser cette audacieuse opération. Un avion privé de la compagnie finnoise Jet Flite, payé 50 000 francs en espèces, avait été affrété par des « amis » de l'ancien maire, et le passage des frontières, impeccablement planifié. Ainsi Sobtchak évita-t-il des poursuites judiciaires. Après la nomination de Poutine au poste de Premier ministre, son dossier fut clos.

1. Ainsi de la société Fimaco, domiciliée à Jersey, île anglo-normande, véritable paradis fiscal. Au début, son minuscule capital était de 1 000 dollars, jusqu'à ce qu'elle reçoive en dépôt les réserves du trésor de l'Union soviétique, à la veille du putsch de 1991.

L'ascension de Vladimir Poutine allait désormais dépendre d'un affrontement triangulaire qui l'opposerait à deux autres protagonistes de l'imbroglio russe (retenons bien leurs noms) : Boris Berezovski et Evgueni Primakov.

Argent, réseaux et corruption

Tête carrée, cheveux bruns, regard de braise, Boris Abramovitch Berezovski était né en 1946 dans une famille appartenant à l'intelligentsia moscovite. Il avait fait une brillante carrière sous le régime soviétique et était devenu docteur d'État en mathématique, puis membre correspondant de l'Académie des sciences et spécialiste de la théorie des probabilités et des systèmes de contrôle de l'automation.

Pour lui aussi, tout avait commencé sous Gorbatchev. Pendant ces années charnières, il était souvent en contact avec des industriels. Comprenant que les grands bouleversements économiques étaient inévitables, Berezovski décida d'y prendre part : « J'étais tout simplement génétiquement plus adapté au business qu'à la science. »

Ainsi réussit-il en 1989 à se constituer une véritable fortune en créant LogoVAZ, une société spécialisée dans la commercialisation des voitures du plus gros constructeur d'automobiles de Russie (AvtoVAZ). Pour ce faire, il associa à son affaire, à titre privé, le directeur de cette usine et ses principaux collaborateurs[1]. La société effectua alors de fausses exportations de véhicules : formellement, les voitures devaient être livrées à l'étranger, mais elles étaient en réalité vendues immédiatement sur place, assurant chaque mois plus de 100 000 dollars de profit net.

L'usine livrait les automobiles à bas prix, voire à perte : 3 500 dollars[2]. Le client versait 7 500 dollars à la commande, et LogoVAZ réglait le constructeur une année plus tard. L'inflation à ce moment-là se situait entre 1 000 et 2 500 % par an ! Berezovski amassa ainsi 250 millions de dollars en moins de quatre ans.

La deuxième étape de son ascension consista à vendre des actions de LogoVAZ à une société suisse, André & Cie, puis, dans la foulée, à créer de multiples compagnies financières (AVVA, Andava, AFK, FOK…) dont les filiales résidaient dans des paradis fiscaux (notamment à Chypre et dans les îles Caïmans), ainsi qu'une compagnie pétrolière enregistrée en Irlande, mais travaillant essentiellement à Panama. Cet ensemble engendra un système assez sophistiqué d'évasion fiscale et de fuites de capitaux de Russie.

À l'automne 1991, au moment de l'effondrement de l'URSS, l'économie allait très mal, les activités des entreprises étaient désorganisées, le pays avait un besoin urgent de produits importés (le chaos législatif

---

1. Kadannikov, directeur d'AvtoVAZ, était le P-DG de LogoVAZ ; Berezovski, le directeur général.

2. Selon les révélations d'un directeur de cette société, Alexeï Nikolaïev.

permettait de réaliser aussi les exportations des produits sensibles). Berezovski disposait déjà de beaucoup d'argent. Aussi commença-t-il immédiatement des opérations d'import-export d'envergure, notamment dans les domaines du pétrole et des métaux non ferreux. Une quinzaine de jours après l'échec du coup d'État, le 6 septembre, il en reçut la licence de la part du ministère du Commerce extérieur, dirigé par un ami de sa famille. Pendant les années troublées qui suivirent, il n'hésita pas à lancer des pyramides financières[1].

Au début des années 1990, il avait en outre élargi son champ d'activités. Par les médias tout d'abord. La société de Berezovski, transformée en holding, devint le principal actionnaire de la première chaîne de télévision russe, de TV 6, une autre chaîne moins importante, et d'un groupe de presse écrite[2]. Par les transports ensuite, à travers Aeroflot, une compagnie aérienne nationale. Par l'immobilier encore, via la reprise de nombreux actifs dépendant de ministères dissous, et la banque. Par l'énergie enfin : le pétrole à travers Sibneft puis Iouksi, énormes sociétés sibériennes dont il était le principal actionnaire ; le gaz naturel avec Gazprom, première entreprise de Russie dont son allié[3] présidait le conseil d'administration ;

1. Comme AVVA, qui aurait dû aboutir à la création d'une « nouvelle automobile pour le peuple ». Le projet ne fut pas réalisé, mais permit à Berezovski de réunir encore 140 millions de dollars.

2. Comprenant notamment *Nezavissimaïa Gazeta, Novye Izvestia* et *Ogoniok*.

3. Le Premier ministre de l'époque, Viktor Tchernomyrdine.

l'électricité avec RAO EES Rossia, confiée à un autre allié, l'ancien vice-Premier ministre Anatoli Tchoubaïs.

En 1997, le magazine américain *Forbes* évoqua ainsi la période flamboyante de Berezovski :

> Conformément aux déclarations de la milice moscovite, Berezovski a commencé son activité de vendeur d'automobiles en étroite collaboration avec d'influents clans criminels tchétchènes pour le contrôle du marché automobile à Moscou.

À la suite de ce communiqué, l'intéressé assigna *Forbes* en justice. Nullement impressionné, James Michaels, patron de l'hebdomadaire, répondit : « La rédaction est en mesure de prouver chaque mot publié... » Le même magazine estimait alors la fortune personnelle de Berezovski à 3 milliards de dollars. L'année suivante, il dut réviser ces estimations à la baisse (1,1 milliard) après la crise financière russe. Ces chiffres ne sauraient de toute manière être précis, puisqu'une partie des richesses des nouveaux Russes emprunte des filières occultes.

Privatiser les hommes

Les méthodes de Berezovski se résumaient à ses raisonnements : « Dans l'ex-URSS, les entreprises ne sont pas "privatisables", mais les hommes le sont », expliquait-il au début des années 1990.

Ou encore : « Dans le reste du monde, il faut de l'argent pour produire des marchandises qui, à leur tour, rapporteront de l'argent. En Russie, il faut de l'argent pour se voir confier par l'État des affaires qui rapportent de l'argent. » En novembre 1996, il déclarait au *Financial Times* : « Sept financiers contrôlent donc 50 % de la richesse vive du pays... »

D'origine juive, il ne faisait pas mystère d'avoir obtenu un passeport israélien, auquel il renonça quand il fut nommé pour la première fois à un poste gouvernemental. À lui seul, Berezovski résumait la face byzantine du business russe.

Il aborda la politique en 1992, juste après la chute du régime soviétique. Le nègre d'Eltsine[1] cherchait à

1. Valentin Ioumachev (voir p. 98).

publier en Occident les *Mémoires* du président russe, dont il était le principal rédacteur. Berezovski trouva alors un éditeur en Finlande, qui lui-même négocia les droits en anglais, en allemand et en français : l'à-valoir assurait au chef de l'État un début de vraie richesse, non plus en roubles mais en « devises dures », un million de dollars.

Présenté à Eltsine, Berezovski entra dans ses bonnes grâces. Il se lia avec l'ambitieuse Tatiana, la fille cadette du « tsar Boris », et fit la fortune personnelle de celle qui allait jouer le rôle de « videur », filtrant les visites de son père en fonction des « intérêts » de la famille[1].

En janvier 1996, nouveau tournant. D'intermédiaire habile, Berezovski se transforma en acteur à part entière. L'opposition communiste et nationaliste venait de gagner les législatives en décembre 1995. Les sondages laissant prévoir une victoire du communiste à la présidentielle de juin, Eltsine semblait perdu. Mais à la conférence de Davos, Berezovski convainquit les sept autres principaux banquiers russes – leurs fortunes personnelles additionnées représentaient alors près de 10 milliards de dollars – de miser sur le président sortant. Il suffisait, selon lui, d'une cam-

1. Le gendre d'Eltsine, Leonid Diatchenko, fut nommé président d'East Coast Petroleum, une filiale de Sibneft. Berezovski propulsa également Valeri Okoulov, l'époux d'Elena, la sœur aînée de Tatiana, pourtant plus distante, à la tête de la compagnie aérienne Aeroflot. Selon le général Korjakov, fin 1994, « le compte de Boris Eltsine dépassait 3 millions de dollars. Berezovski s'occupait du compte personnel d'Eltsine » (*Moskovski Komsomolets*, 30 octobre et 3 novembre 1999).

pagne bien menée pour que l'électorat se laisse aller à ses instincts légitimistes.

« Nous pouvons réunir l'argent nécessaire, affirma Berezovski. Et de toute façon, nous n'avons pas le choix. Nous connaissons Eltsine. Nous savons comment il fonctionne. Les autres candidats libéraux ne passeront jamais. Reste le communiste. Vous le voulez ? »

L'argument porta ses fruits. Quelque 140 millions de dollars furent réunis entre mars et juin 1996, soit en espèces soit sous forme d'une aide « indirecte », notamment en mobilisant les médias.

Eltsine fut confortablement réélu : avec 35 % des voix au premier tour, 53,8 % au second. Bien entendu, ce soutien fut royalement récompensé. Selon le colonel Streletski, qui était alors chef du département P (anticorruption) de la sécurité présidentielle, Berezovski et une dizaine d'autres oligarques eurent le droit d'acquérir des actions d'entreprises privatisées sous-évaluées pour un milliard de dollars. En juillet 1997, le même paquet d'actions fut coté à la Bourse de Moscou à plus de 14 milliards de dollars !

La fille d'Eltsine, Tatiana, chef d'état-major de la campagne, fut propulsée au poste de conseiller et de « directrice de la communication du président ».

Le parrain du Kremlin

Après la victoire électorale, Tatiana devint toute-puissante. Son cabinet personnel, le bureau 262 du Kremlin, se superposait à tous les autres rouages de l'exécutif, des ministères au bureau du Premier ministre en passant par l'administration présidentielle et le Conseil national de sécurité, un peu comme auparavant le politburo exerçait sa suprématie sur les organes de l'État et du parti. L'analogie était si forte qu'on en vint à qualifier de « nouveau bureau politique » le petit groupe de conseillers occultes que la jeune femme avait réuni : une demi-douzaine de personnes, au maximum âgées d'une quarantaine d'années.

Berezovski, quinquagénaire, était l'exception qui confirme la règle. Mais n'en était-il pas le senior ?

À ses côtés, on trouvait Roman Abramovitch, son protégé, le P-DG de Sibneft, la principale composante de la société pétrolière Iouksi. Excellent gestionnaire, il eut pour mission de créer un « groupe financier parallèle » doublant LogoVAZ, afin de désarmer les accusations de mainmise sur les richesses nationales. Il passe pour avoir pris en charge la plupart des dépenses courantes de la famille Eltsine[1].

Alexandre Volochine, ingénieur des chemins de fer, avait fait carrière dans diverses entreprises du groupe LogoVAZ. « Prêté » au Kremlin en 1997, il dirigea à partir du mois de mars 1999 l'administration présidentielle, État dans l'État contrôlant les organes vitaux de la Fédération russe. Il coordonna les opérations visant le quadrillage des grandes entreprises au profit de la famille Eltsine.

Anatoli Tchoubaïs, qui depuis 1991 avait détenu plusieurs ministères importants et avait même été Premier ministre adjoint, était un libéral bon teint, estimé par les Occidentaux. Il avait été le maître d'œuvre des privatisations russes jusqu'en 1998. Il venait d'être nommé à la tête d'EES Rossia, la compagnie nationale d'électricité. Il cumulait deux atouts sur le plan politique : il avait organisé la réélection d'Eltsine en 1996 et avait poussé en première ligne Vladimir Poutine, nous l'avons vu, comme chef des services secrets du Kremlin (ce dernier n'était pas « membre du bureau politique »).

Valentin Ioumachev, journaliste, avait d'abord été le rédacteur littéraire d'Eltsine dont il avait écrit les *Mémoires* et de nombreux discours. Il devint ensuite le conseiller le plus proche de Tatiana, au point que l'on parlait à Moscou, en utilisant leurs diminutifs res-

1. *Mrakobessie*, Moscou, 1999.

pectifs, du « couple Tania-Valia ». En 1997-1998, il fut nommé directeur de l'administration présidentielle.

Elena Okoulova, sœur aînée de Tatiana avec qui elle se brouilla d'ailleurs, joua un rôle plus effacé.

Nommé secrétaire général adjoint du Conseil national de sécurité, puis secrétaire exécutif de la Communauté des États indépendants (CEI), Berezovski arbitra la question la plus urgente de la seconde présidence d'Eltsine : l'armistice en Tchétchénie (d'abord conclu par le général Lebed dès juillet 1996).

Son influence fut portée au zénith pendant les multiples soubresauts de la maladie du président, qui se soldèrent par un quintuple pontage cardiaque. En 1997, le parrain du Kremlin imposa en effet une reprise des privatisations, qu'il interprétait comme le moyen de constituer, au sein de la société russe, de « grands pôles d'intérêt » faisant contrepoids aux structures héritées de l'ancienne nomenklatura. Cependant, il cherchait surtout à résoudre les problèmes à court terme. Ce fut peut-être, d'ailleurs, le trait le plus profond de son caractère. En authentique manipulateur, il savait imaginer sans cesse l'évolution des rapports de force, les renversements de situation, les formules nouvelles dans un seul but : préserver l'acquis immédiat et survivre dans le peloton de tête des profiteurs du régime, envers et contre tout.

À cette époque, Berezovski aimait à se comparer aux grands barons du capitalisme américain du siècle précédent, parallèle difficilement acceptable, car à la différence d'un Ford ou d'un Rockefeller, il n'a rien inventé ni créé. Il a simplement réussi à prendre la tête d'une coterie corrompue, placée au sommet de l'État, pour construire son propre empire.

Dans le domaine économique, aucune transformation ne fut réalisée. Les entreprises dont il prit le contrôle ne devinrent pas plus compétitives : sa chaîne de télévision ORT produisait des programmes pitoyables, les services de sa compagnie aérienne Aeroflot se détérioraient, sa banque SBS-Agro fit faillite ; même la gestion du fleuron de son empire, le géant pétrolier Sibneft, ne connut pas d'amélioration.

Cependant, ses adversaires s'étaient trompés sur l'essentiel en croyant que Berezovski était un homme d'argent cherchant comme beaucoup d'autres à manipuler les politiques et disposé, si les choses tournaient mal, à se réfugier sur la Côte d'Azur avec un magot de 2 ou 3 milliards de dollars. L'oligarque agissait en homme de l'ombre sachant manier l'argent. Non seulement il était un des stratèges d'ensemble de la période eltsinienne, mais il voulait aussi préparer la succession du président.

La Constitution de 1993 n'ayant donné pouvoir au président russe que pour deux mandats de quatre ans, le problème central du « bureau politique » allait être le choix de l'héritier d'Eltsine (lequel avait déjà été élu à ce poste en 1991 et en 1996). Berezovski préconisa alors la mise en orbite d'un « jeune premier », un homme actif, compétent, séduisant, de surcroît d'une loyauté entière à l'égard du clan eltsinien – idée reprise par Tatiana. Une première tentative, au printemps 1998, aboutit à l'installation de Sergueï Kirienko au poste de Premier ministre. Mais l'investiture fut laborieuse. Ce fut seulement au troisième et dernier scrutin que la douma accepta de ratifier le choix du président.

Le krach d'août 1998 finit par emporter le jeune dauphin de trente-cinq ans. Pour Berezovski, le vent avait tourné. Il était devenu l'homme le plus haï de Russie. Son impopularité battait tous les records. Eltsine dut en tenir compte en le libérant de sa fonction gouvernementale de secrétaire exécutif de la CEI. Aussi décida-t-il de se rendre en France pour prendre quelques semaines de vacances, déclarant avec toupet dans *Le Figaro* :

> Je comprends que la société russe ne m'accepte pas : je suis juif, je suis riche et, en outre, le président Eltsine m'a un temps confié des responsabilités d'État. Je suis une cible idéale.

En guise de réponse, le même journal évoqua l'*Histoire de l'État russe* en douze volumes de l'écrivain du XIXe siècle Nikolaï Karamzin, qui mettait en scène un voyageur débarqué en Russie, interrogeant :

> — Alors, que se passe-t-il ici ?
> — On vole, on vole, on vole ! répond son interlocuteur, résigné…

Durant quelques semaines, Berezovski coula des jours tranquilles au cap d'Antibes, attendant que la tempête se calme et réfléchissant au moyen de préparer sa riposte.

Le Méphisto de la politique russe considérait la France comme une base de repli. Il pouvait y retrouver d'autres « nouveaux Russes », qui se faisaient remarquer par leur forte concentration à Paris comme sur la Côte d'Azur ou encore en Haute-Savoie. Ceux-ci, d'ailleurs, restaient habituellement dans le cadre d'une légalité presque trop parfaite à une exception près, que formula l'un des parrains qui fréquentaient Berezovski : « La seule violation à la législation française qu'on se permet sont les jeux de cartes clandestins. Nous sommes trop attachés aux vieilles pierres de l'Europe pour nous en priver. »

Tout le littoral des Alpes-Maritimes était touché par le raz-de-marée russe. Des dizaines de villas luxueuses, entourées de hauts murs, appartenaient à de « riches Russes ». On y voyait de temps à autre entrer de rares limousines, derrière lesquelles un lourd portail se refermait aussitôt. Trônant à la pointe du cap d'Antibes, le château de la Garoupe, cette immense « ancienne datcha de Berezovski », de style néocolonial, estimé à 140 millions de francs, n'aurait été payé que 55 millions de francs. La propriété attenante aurait été acquise pour 90 millions de francs. Elle fut « négociée » par une société immobilière française, contrôlée par un écheveau de sociétés réparties en Suisse et au Luxembourg.

L'armée des ténèbres

Si Berezovski dut s'assurer une base de repli à l'étranger, il eut également besoin d'un soutien de nature à influer sur les vicissitudes de la lutte politique au Kremlin. Pour ce faire, il s'appuya sur une sorte d'armée de l'ombre. Forts de plus de cinq cent mille hommes (selon l'estimation de la revue économique moscovite *Delovie Lioudi*), ces nombreux groupes paramilitaires étaient sous le contrôle de deux cents milices privées travaillant sur l'ensemble du territoire. Ils palliaient dans bien des cas les carences de l'État en matière de sécurité. À leur actif, on dénombre une multitude de services : filature, protection, transport d'argent, location de matériel particulier (plusieurs dizaines de personnes pour protéger Berezovski).

Ces milices disposaient d'un arsenal acheté ou volé dans les casernes, ou encore acquis à l'étranger : pistolets Makarov, kalachnikovs à crosse coupée, mini-Uzi israéliens, lance-roquettes RPG et lance-missiles portatifs SAM-7, ainsi que des véhicules rapides, des avions, des hélicoptères. Elles offraient leurs services aux hommes d'affaires, à la mafia et à l'État.

Leurs membres étaient issus des services pléthoriques des anciens « organes de sécurité » du régime soviétique : KGB, GRU, OMON (troupes du ministère de l'Intérieur). Ainsi Viktor Tchebrikov, patron du KGB dans les années 1980, conseilla-t-il trois banques pour leur sécurité. Le plus actif et le plus respecté des anciens du KGB est sans doute Filip Bobkov, général trois étoiles. Autrefois responsable de la lutte contre les dissidents, il fut le chef du département de sécurité du groupe bancaire Most.

Dirigeant à l'époque les services secrets, Poutine était persuadé que la collusion entre ordre privé et ordre public était inévitable, car elle était solidement ancrée dans la tradition de la manipulation politique en Russie : en 1927, Staline avait conclu un pacte avec les principaux parrains, afin qu'ils dénoncent, via leurs réseaux d'indicateurs, les malheureux ayant réussi à fuir les camps de prisonniers politiques. Méthodes déjà utilisées par l'Okhrana.

À la fin de l'ère Gorbatchev et au début de la présidence d'Eltsine, les parrains traditionnels (*vori v zakone*) étaient les rois de la sécurité privée. Ce fut à partir de 1994 qu'ils réorientèrent progressivement leurs activités dans les affaires, utilisant les milices de « sécurité privée » comme courroies de transmission et hommes de main.

Les milices prospérèrent parce que les commerçants, les banquiers et les hommes d'affaires, russes ou étrangers, aspiraient à être protégés : « Avoir un toit », dit une expression locale. Cela devint une obsession pour ceux qui cherchaient à faire des affaires en Russie. Pour vendre ses automobiles à Moscou, Berezovski était ainsi protégé par un « toit » tchétchène.

Dans les secteurs les plus rentables, les milices furent si bien implantées qu'il a toujours été impossible, par exemple, de créer une entreprise touchant à la distribution de l'alcool ou du sucre, au jeu ou au pétrole, sans être « couvert ».

L'argent ne manquait pas, les profits des sociétés russes travaillant dans ces domaines « délicats » étaient très importants et les forces légales russes n'avaient guère les moyens de les combattre. Une loi fit obligation aux possesseurs d'armes légères de les enregistrer auprès des autorités. Si la police ne saisit que quelques armes illégales et lance-grenades, elle indiqua que près de deux cent mille personnes circulaient armées dans les rues de Moscou.

Les retraités du KGB, du GRU, de la police ou de l'armée continuaient de fournir les plus gros effectifs de ces milices. Les hommes issus de l'ex-KGB, spécialisés dans la protection des membres du politburo, étaient les mieux cotés sur le marché de la sécurité, avec une mention spéciale aux anciens des commandos Alpha et aux parachutistes revenus de la guerre d'Afghanistan. Leur orientation politique restait aléatoire, car d'une part ces groupes avaient été infiltrés par la police secrète, d'autre part ils travaillaient pour des hommes d'affaires souvent en délicatesse avec le pouvoir. Ces milices allaient en tout cas entrer dans le cadre de la lutte impitoyable qui s'annonçait au Kremlin.

Duel pour le pouvoir suprême

À l'automne 1998, Poutine dut affronter le plus grand défi de sa carrière : un duel contre un adversaire de taille, autre homme de l'ombre.

Le 4 septembre, ce fut un Boris Eltsine décomposé qui vint assister à la table ronde réunissant les principales personnalités de la douma (l'Assemblée nationale russe) et du Conseil de la Fédération (le Sénat) [1]. La veille, cédant aux pressions de sa fille Tatiana, il avait placé les détachements Alpha, l'élite de l'ex-KGB, sous son commandement personnel, ce qui était une façon de reconnaître qu'il redoutait un putsch. Les hommes d'affaires en vue avaient également mis en état d'alerte « leurs » départements de sécurité.

Les banques étaient en faillite ou avaient suspendu leurs opérations, la Bourse ne fonctionnait plus. Le gouverneur de la Banque centrale venait de démissionner. Suivant à la lettre les conseils de la presse, les

1. Il savait déjà que les députés allaient de nouveau refuser d'investir le Premier ministre désigné, Viktor Tchernomyrdine.

ménages constituaient des stocks, de sorte que les produits de première nécessité avaient disparu avant tous les autres. À une zone franche du grand Nord, modèle d'une future économie totalement libéralisée, s'il n'y avait pas de pénurie, les prix avaient augmenté de 300 %. Corollaire de cette débâcle : chaque région se replia sur elle-même. Constatant la quasi-disparition du pouvoir central, le général Alexandre Lebed, gouverneur de la province sibérienne de Krasnoïarsk, alla jusqu'à proposer de transférer aux autorités locales le contrôle des bases nucléaires.

Dans un silence glacial, Boris Eltsine prit place à la table ronde, s'affaissant sur sa chaise. Un député lui trouva « plus mauvaise mine encore que lors de la conférence de presse conjointe avec Bill Clinton », une semaine plus tôt. Gregori Yavlinski prit alors la parole. Cet économiste de quarante-six ans, membre de la douma, était l'un des maîtres à penser du libéralisme en Russie. Mais il n'en était pas pour autant eltsinien. Bien au contraire, il estimait que le chef de l'État, par sa « médiocrité » et sa « mégalomanie », était le principal responsable de l'échec des réformes politiques et économiques depuis 1991.

Eltsine, s'attendant à un réquisitoire, préféra ne pas regarder dans sa direction. Mais dès les premières paroles prononcées par l'orateur, il changea d'attitude. Après avoir rappelé que la prolongation de la crise pouvait être « catastrophique » pour le pays et que personne, pas plus l'opposition que l'entourage du président, n'avait intérêt à une vacance prolongée du pouvoir ni à une guerre civile, le député libéral demanda : « Quelles sont les conditions requises pour désigner un Premier ministre ? Un homme loyal envers le président, l'élu de la nation russe tout entière ! » À ces mots, Eltsine se redressa. L'économiste poursuivit : « Il doit inspirer confiance au service fédéral de sécurité [l'ex-KGB] et à l'armée. Il faut que le nouveau Premier ministre ait aussi la confiance de la douma, autre expression du peuple russe. Il faut qu'il puisse assurer le prestige de la Russie sur le plan international. »

Puis l'orateur demanda aux autres participants de la table ronde : « Êtes-vous d'accord avec mon analyse ? » La réponse fut unanime :

« Oui !

— Alors, qui doit être Premier ministre ? »

Il y eut un silence. Il ajouta alors :

« J'ai un nom à vous proposer : Evgueni Primakov. »

Primakov, l'un des derniers grands diplomates de l'ère de Gorbatchev, l'homme qui avait mis au point la stratégie soviétique au Proche-Orient dans les années 1980, devenu chef de l'ex-KGB puis, en 1996, ministre des Affaires étrangères. Il représentait avant tout pour les Russes le sens de l'État, un personnage situé au-dessus de la mêlée et acceptable pour tous les partis. La proposition était un coup de maître. Les communistes et les nationalistes applaudirent, la table ronde se sépara d'une humeur presque sereine.

Dans l'« intérêt supérieur du pays », Primakov accepta la direction du gouvernement. Eltsine admit sa nomination à contrecœur, juste pour éviter de perdre ses pouvoirs dans la tourmente du krach du système bancaire.

Une chose était certaine : un retour au moins partiel du KGB allait être à l'ordre du jour.

La lutte contre la corruption était le terrain de prédilection de ce Premier ministre réputé pour son intégrité. Aussi lança-t-il immédiatement un assaut contre Boris Berezovski dont la fortune et les multiples passeports faisaient scandale. Pour Primakov, Berezovski était l'homme à abattre, parce qu'il symbolisait le mal absolu qui détruisait la Russie.

Rarement une nomination n'avait suscité une telle impression de soulagement. En Occident, les réactions des gouvernements et des Bourses furent favorables. La nature politique a horreur du vide. Primakov avait le sens de l'État. Et s'agissant de la Russie, mieux valait un État renouant en partie avec une tradition autoritaire et dirigiste que plus d'État du tout.

Prunelles de sphinx derrière des paupières presque mongoles, air débonnaire et double menton, paroles nettes et courtoisie consommée, Evgueni Primakov était né à Kiev, en Ukraine, le 29 octobre 1929, « au moment même où, à Wall Street, le capitalisme semblait être entré dans sa crise finale », dit-il un jour en riant au secrétaire d'État américain Warren Christopher. Ses parents s'installèrent bientôt à Tbilissi, capitale de la Géorgie, où il passa son enfance et une partie de son adolescence. Admis à l'Institut des études orientales de

Moscou (IVA), il apprit l'arabe et le persan, complétant cette formation dans les années 1950 par un doctorat en économie consacré au monde arabe. Allait-il pour autant devenir diplomate ? Non. Sa carrière obliqua vers le journalisme et plus particulièrement, à partir de 1959, vers des postes de correspondant de la *Pravda* à l'étranger. Basé le plus souvent au Caire, il se rendit dans la plupart des pays du Proche-Orient.

Bien entendu, un parcours de ce type n'était possible, au sein du régime soviétique, que sous le contrôle étroit du KGB. Mais Primakov n'était pas un «espion» au sens banal du mot. Ce n'était même pas un «agent d'influence»: on ne lui demandait pas de monter ou de gérer des opérations auprès des opinions publiques. Son rôle était de tisser des liens personnels à long terme avec les plus hauts dirigeants en place ou avec leurs éventuels successeurs. Ainsi devint-il un véritable homme de l'ombre. À cette fin, on l'avait fait bénéficier d'une liberté de parole et d'analyse assez exceptionnelle dans la *Pravda*.

Bref, il était le spécialiste des méthodes de manipulation politique au Proche-Orient. À tel point que ses amis étrangers le comparaient à un Lawrence d'Arabie soviétique. En tant que tel, Primakov s'acquitta de sa tâche avec brio. En Égypte, il capta la confiance de Nasser, mais aussi celle de Sadate et d'un jeune officier d'aviation dont il fit la connaissance pendant la guerre des Six-Jours, Hosni Moubarak. En Irak, il se lia d'abord avec le chef kurde Moustafa Barzani, puis se rapprocha des baasistes de Bagdad, pourtant considérés à l'époque comme antisoviétiques. Il misa en particulier sur Saddam Hussein, alors chef des services de sécurité des baasistes. « Fermeté pouvant aller jusqu'à la cruauté, volonté frisant l'entêtement », écrivit-il à son sujet.

À son retour du Caire, en 1970, Primakov fut remarqué par Leonid Brejnev, chef de l'État et du parti, et par son Premier ministre Alexis Kossyguine. Il allait surtout faire partie des contacts privilégiés du nouveau chef du KGB, Iouri Andropov. Celui-ci, parfaitement conscient de la « stagnation », de la paralysie généralisée qui gagnait le système soviétique, crut pouvoir y remédier en mettant en place une nouvelle élite, formée à l'occidentale, à mi-chemin des énarques français et des *graduates* d'Harvard. L'Institut de l'économie mondiale et des relations internationales de Moscou (Imemo) était l'un des éléments clés de ce projet. Primakov fut placé à la tête d'un de ses départements, la section des sciences économiques. L'une de ses premières décisions fut de rendre obligatoire l'étude des « théories économiques bourgeoises », de Keynes à Milton Friedman... (ce qui fut bien utile au futur promoteur de réformes russes, Gaïdar).

Andropov fut tellement satisfait de Primakov qu'il le propulsa en 1977 à la direction de l'Institut des études orientales, devenu à cette époque un centre scientifique et une couverture civile pour les officiers du KGB et du GRU. Primakov vivifia l'institution en complétant les études linguistiques par des cours approfondis de civilisations et en y organisant des sessions de brainstorming à l'occidentale, où les meilleurs experts soviétiques confrontaient leurs vues. Andropov et Gromyko[1] assistaient en personne à ces discussions se déroulant souvent au ministère des Affaires étrangères ou au KGB. Cette décontraction intellectuelle se conjuguait avec une loyauté envers la « ligne » définie par le Kremlin. Ainsi en 1979, le Lawrence d'Arabie soviétique mit en garde les vieux pontes du Kremlin en déclarant que l'intervention en Afghanistan était une erreur monumentale et allait se terminer en désastre. Andropov, qui soutenait l'idée de cette opération, fut tellement ulcéré par ces propos qu'il ordonna de couper tous les contacts confidentiels entre le KGB et Primakov[2].

Alors âgé d'une cinquantaine d'années, Primakov commença à bâtir ses propres réseaux. Ainsi veilla-t-il aux intérêts familiaux de Gaïdar, d'Aliev, chef du parti communiste en Azerbaïdjan, ou de Saddam Hussein, dont plusieurs parents venaient étudier en URSS. Puis il se plaça sous la protection d'Alexandre Yakovlev, le futur idéologue de la *perestroïka*. Ce dernier, après la mort d'Andropov en 1984, le présenta à Mikhaïl Gorbatchev qui le nomma à la tête de l'Imemo. Il devint ensuite membre du comité central, membre suppléant du bureau politique et enfin membre du Conseil de sécurité de l'URSS.

Le programme réformiste de Gorbatchev n'ayant fait que hâter la dislocation du régime soviétique, la

1. Qui détenait à l'époque le portefeuille des Affaires étrangères.
2. Selon le témoignage du général Kalouguine.

réussite de Primakov au sein de la nomenklatura se solda vite par une amertume: il dut gérer les crises des républiques périphériques de l'URSS, notamment celles du Caucase qu'il aimait tant, et surtout organiser de nouvelles relations avec ses anciens alliés et clients du monde arabe. Entre août 1990 et février 1991, il chercha à dénouer la crise du Golfe de façon plus équilibrée et relativement favorable à l'Irak, alors que son «cousin» et rival géorgien, Edouard Chevardnadze, ministre des Affaires étrangères, proposait l'alignement total à la coalition internationale dirigée par les États-Unis. À court terme, ce dernier l'emporta. À plus long terme, Primakov gagna dans cette affaire la réputation d'avoir été un vrai patriote soucieux des seuls intérêts de l'URSS. Chef du SVR, la branche «extérieure» de l'ex-KGB, à partir de 1992, il présenta cet organisme comme l'organe de sécurité normal d'un pays converti à la démocratie. En fait, Primakov en préserva soigneusement les hommes et les structures. Et son but véritable (il s'en cachait de moins en moins) était la reconstitution de la puissance russe. Ce fut sous son contrôle que le SVR contribua à renforcer les tendances prorusses dans les républiques ex-soviétiques devenues indépendantes en 1991.

Tout en conservant des liens avec l'Irak de Saddam Hussein, il améliora les rapports avec l'Iran, favorisant des ventes d'armes et des achats de pétrole. Aussi devint-il pour le monde arabe et musulman des années 1990 un symbole, sinon un mythe: celui d'une Russie vouée à retrouver son rang de grande puissance et à devenir le cœur d'une coalition antihégémonique visant à rééquilibrer la domination des États-Unis et à construire un « monde multipolaire ». C'était un thème voisin de l'idéologie nationaliste qui s'imposait à cette époque en Russie et qui fut reprise plus tard par Poutine.

Au début de l'année 1996, Primakov reçut le portefeuille des Affaires étrangères. En avril 1998, lors d'un autre remaniement ministériel, Eltsine prit soin de le maintenir dans ses fonctions. Aussi sa nomination à la tête du gouvernement cinq mois plus tard, même si elle fut une surprise, apparut-elle comme une solution parfaitement logique.

Le combat de Primakov contre la corruption, son domaine de prédilection, le fit devenir l'adversaire le plus dangereux de tout le clan du Kremlin et de la « famille », l'entourage de Boris Eltsine.

À l'automne de 1998, deux mois après la nomination de Primakov, le procureur général Skouratov lança une enquête pour corruption impliquant plusieurs membres de la « famille ». Ses recherches, menées en collaboration avec le parquet suisse, aboutirent à un gigantesque scandale à rebondissements qui marqua les derniers mois du régime du « tsar Boris ». Ces investigations révélèrent que, afin d'obtenir de grands chantiers immobiliers comme la rénovation du Kremlin et la construction de luxueuses maisons pour les officiels russes, la société Mabetex avait versé des pots-de-vin aux proches de Boris Eltsine. Une autre enquête concernant le blanchiment de l'argent d'Aeroflot impliquait également Berezovski, lequel fit l'objet d'un mandat d'arrêt.

Le Kremlin décida alors de régler l'affaire en employant les grands moyens. Le jeune chef des services secrets fut chargé de mener une opération « très spéciale ». Une véritable bombe médiatique fut donc lancée par Poutine à la télévision, montrant un homme qui « ressemblait au procureur général » en pleine action avec deux prostituées. La réputation du juge ainsi détruite, son enquête lui fut aussitôt retirée. Primakov, piqué au vif, laissa machiavéliquement se propager des campagnes politico-judiciaires violentes contre la « famille » Eltsine, utilisant cette fois-ci, la caisse de résonance des médias occidentaux. Mais ce faisant, il contraignit ses adversaires à contre-attaquer, incitant Tatiana, affolée, à s'en remettre à Berezovski.

Au « bureau politique » formé des grands boyards de l'entourage d'Eltsine, la partie était jugée perdue. Tatiana tenta même discrètement de négocier une amnistie générale avec Primakov. Berezovski, lui, écarta d'emblée ce scénario : « Si nous perdons le pouvoir, nous sommes morts. Il n'y aura pas d'amnistie, il n'y aura pas d'alternance. Nous ne sommes pas en Europe, ici, mais en Russie. Ne l'oubliez jamais. »

Et l'oligarque de mettre en exergue l'âge avancé de Primakov et de proposer d'appliquer de nouveau la stratégie du « jeune premier ». Avec toutefois une modification d'envergure : puisque le Premier ministre jouait la carte du nationalisme, il fallait aller plus loin que lui dans cette direction. À ce moment, Berezovski lança pour la première fois le nom de Poutine en remplacement de Primakov. L'intervention de l'OTAN au Kosovo, au printemps 1999, allait être l'occasion du retournement. Berezovski sut alors faire passer ces arguments à l'attention du président[1] : « Primakov appartient à un temps révolu. Il est trop âgé et malade… Il est trop rouge[2]. »

Et notre homme d'alerter ses interlocuteurs occidentaux – « Primakov est un nostalgique de ce grand empire qu'était l'Union soviétique » –, tout en esquissant un portrait-robot du successeur d'Eltsine : « Il nous faut un homme jeune d'une grande fermeté, qui sache garder son calme, ne pas se presser et aller au bout des choses. » Plus que jamais, Eltsine était attentif aux idées de l'oligarque.

Jusqu'en février 1999, la « famille » avait encore l'espoir de conclure un marché avec Primakov. Mais au printemps, celui-ci dévoila ses ambitions présidentielles et son désir de remettre en selle les élites politiques de Gorbatchev au détriment de l'entourage d'Eltsine, en commençant à utiliser sans vergogne la vague nationaliste qui le portait au pinacle dans l'opinion publique.

Comme les échéances électorales de la fin de l'an-

1. Essentiellement par l'intermédiaire de Tatiana, de Volochine, cet ancien collaborateur de LogoVAZ fraîchement nommé à la tête de l'administration présidentielle, ainsi qu'à travers Ioumachev, collaborateur littéraire devenu conseiller d'Eltsine.

2. Eltsine devait plus tard utiliser exactement le même terme dans ses *Mémoires*.

née se rapprochaient, il fallait trouver un moyen de revenir sur le devant de la scène : la Tchétchénie allait leur offrir une véritable échappatoire. Et la conduite de ce dossier allait être confiée au chef des services secrets d'Eltsine, Vladimir Poutine, connu pour ses rapports personnels difficiles avec Primakov (qui, à l'époque, l'accusait même de le faire suivre par ses agents).

Poutine, comme nous venons de le voir, avait déjà démontré toute son « efficacité » en discréditant le procureur général. Le président Eltsine le poussa donc en première ligne en le nommant à la tête du Conseil de sécurité le 29 mars 1999.

La Tchétchénie

La Tchétchénie fut le point noir de cette période. Elle brisa l'image de la Russie, comme l'Algérie avait détruit la IVe République française. C'est un problème qui n'est pas près d'être résolu.

Le Caucase est en fait une région de l'ancienne Union soviétique qui s'est retrouvée, pour des raisons administratives et par la volonté de Staline, dans le territoire de la Russie, bien qu'elle soit tout aussi allogène que l'Azerbaïdjan voisin, lequel est aujourd'hui indépendant. Staline n'entendait pas rassembler toutes les tribus du Caucase, dont il se méfiait, de sorte que la région a été hachée en petites provinces ou républiques, autonomes les unes par rapport aux autres. Comme cela fonctionnait mal, le Caucase s'est partiellement révolté dès les années 1930, à l'approche des troupes allemandes.

Certains Tchétchènes ont effectivement collaboré avec les nazis qui ont occupé le territoire durant un an. Mais par la suite, Staline a déporté tout un peuple tchétchène, de même que les Ingouches, eux aussi musulmans, en violation de tous les droits, national comme international, les jetant sur des terrains vagues au Kazakhstan et en Ouzbékistan. Sans être un génocide, ce fut un absolu déni de justice. D'autres républiques comme le Daghestan n'ont pas connu le même sort, ce qui explique aussi qu'elles aient été plus calmes…

En 1957, le chef du Kremlin Khrouchtchev a pris une résolution autorisant ces populations à revenir sur leurs terres. Cependant, le mal était fait : les Tchétchènes, devenus violemment antirusses, ont constitué un noyau russophobe dans le Caucase du Nord. Quand la *perestroïka* leur a permis de relever la tête, on a vu émerger un personnage invraisemblable, le général Djokhar Doudaïev, qui, après avoir commandé une base aérienne importante de l'armée soviétique, s'est transformé en une sorte de Yasser Arafat tchétchène.

À son tour, le président Eltsine s'est avisé de négocier pied à pied avec eux… Si une première tentative malheureuse n'a pas abouti, elle a donné lieu à de seconds pourparlers [1] en 1996 et à l'indépendance tchétchène, laquelle ne s'est nullement traduite par une volonté de conciliation des Tchétchènes, mais par une montée en puissance du gangstérisme et de l'agressivité antirusse.

À la fin des fins, quand Poutine, secrétaire du Conseil de sécurité, attendait peut-être une provocation – l'invasion du Daghestan voisin par les Tché-

1. Avec le général russe Lebed.

tchènes qui soutenaient des insurgés wahhabites dûment agités par Al-Qaïda –, la seconde guerre est devenue effective sans être davantage une provocation russe que la première. L'exercice gratuit de la cruauté des militaires russes à l'égard des bons Tchétchènes est une vision erronée des choses : il s'agissait d'un conflit national. Les intellectuels russes occidentalisés en sont conscients :

> Aussi longtemps que la Russie sera isolée, maltraitée, et aura le sentiment de sa propre faiblesse, Poutine ne pourra rien céder au Caucase du Nord. Elle agira dans une période de rétablissement de la puissance russe, selon le même processus qui a interdit à Guy Mollet, mais permis au général de Gaulle, de lâcher l'Algérie. Il s'agira alors de voir s'il y aura une possibilité non pas de donner cette région aux amis d'Al-Qaïda, mais de créer une sorte de confédération du Caucase du Nord avec le Daghestan, les Ingouches et autres, dirigée par des éléments prorusses moyennant des garanties[1].

Avant d'en arriver là, il reste beaucoup à faire. La guerre continue, les attentats aussi et, si l'on peut déplorer la décomposition des forces de répression russes dans le Caucase du Nord, très franchement j'attends de voir quel magicien trouvera la formule pour arrêter ce conflit. Bien que comptant des hommes courageux,

1. Pavel Lounguine, célèbre cinéaste, Palme d'or du festival de Cannes.

mais soumis à la corruption en demeurant sur place des années durant sans être relevés, l'armée russe est en lambeaux. Tant qu'elle se révélera impuissante, on n'avancera pas plus que ne l'a fait Eltsine en proposant aux Tchétchènes de leur céder tout.

Par conséquent, la guerre est appelée à durer, et elle est inévitable. On ne voit pas comment le pouvoir russe, quel qu'il soit, pourrait abandonner le Caucase du Nord à son triste sort. Au reste, une majorité de la population locale a des vues très partagées sur la question. Elle n'est pas ravie à l'idée de devenir l'otage des seigneurs de la guerre, qui n'ont fait la preuve ni de leur ouverture d'esprit ni de leur capacité à proposer un programme constructif pour la région.

Le danger est bien évidemment aussi d'ordre économique : la population est appauvrie et le chômage endémique. On en revient donc à la clé de tout, qui est le développement de la Russie à un moment où la poussée islamiste peut vite faire déraper les choses. Il existe une vive tension non seulement dans le Caucase du Nord, mais aussi en Asie centrale. Si un dérapage survenait, il serait de nature à favoriser le succès du plan d'Al-Qaïda. La situation est à ce point dangereuse qu'il ne faut pas sous-estimer les risques qui nous attendent. Adopter une attitude irénique par rapport aux poussées du monde arabe vers les libertés relève de la naïveté. Le même scénario peut se dérouler dans le Caucase du Nord, qui aboutirait à une domination de l'islamisme, ce qui constituerait un danger pour l'Europe.

Histoire secrète de l'ascension de Poutine

Au printemps 1999, durant les bombardements de l'OTAN contre la Yougoslavie, l'opinion publique russe devint de plus en plus nationaliste et anti-occidentale. Le clan Eltsine, comprenant qu'il pouvait s'appuyer sur le patriotisme en le manipulant à son profit, décida qu'une petite guerre victorieuse dans le Caucase pourrait tourner à son avantage.

Mais la république de Tchétchénie représentait alors un grave souci pour Moscou. Son président[1] ne parvenait pas à maîtriser la situation devant la montée d'un islamisme guerrier. Dans ce contexte, Poutine mit sur pied une tactique de diversion en laissant s'introduire les islamistes au Daghestan, autre petite république voisine autonome du Caucase, ce qui lui donna le prétexte de recommencer la guerre contre les indépendantistes tchétchènes.

La question tchétchène fut discutée à la fin du mois de mars 1999, lors d'une réunion à laquelle par-

1. Aslan Maskhadov.

ticipa Vladimir Poutine[1]. Le plan adopté prévoyait des « mesures opérationnelles » visant à installer un « cordon sanitaire » autour de la Tchétchénie. (Dans un autre ordre d'idées, les spécialistes de la lutte antiterroriste, aussi bien russes qu'occidentaux, considèrent d'ailleurs ce cordon comme le meilleur moyen de stabiliser la situation.) Il projetait aussi la fermeture des frontières avec les autres régions russes, la création d'une zone tampon sur la rive gauche du fleuve Terek et le strict contrôle de la frontière avec la Géorgie (voie inévitable pour accéder aux bases tchétchènes). Les participants insistèrent également sur le fait qu'il fallait construire dans les plus brefs délais la bretelle nord de l'oléoduc de Bakou-Novorossisk, afin d'éviter le tracé qui passait pour l'heure à travers la Tchétchénie.

Le 5 avril, Boris Eltsine nomma un proche de Poutine à la tête des troupes du ministère de l'Intérieur[2]. Toutefois, pressentant que cette escalade allait aboutir à son limogeage, le Premier ministre Primakov retarda l'opération en refusant de débloquer l'argent nécessaire. Dans ce contexte dramatique, Eltsine réagit en s'appuyant sur ses prérogatives. Il commença par dessaisir Primakov du dossier yougoslave en nommant Tchernomyrdine représentant spé-

---

1. Poutine était à l'époque toujours en charge du contre-espionnage et cumulait cette fonction avec son poste de secrétaire du Conseil de sécurité. Sergueï Stepachine, ministre de l'Intérieur, Igor Sergueïev, ministre de la Défense, et Anatoli Kvachnine, chef d'état-major des armées, avaient également été conviés à cette réunion.

2. Le général Ovtchinnikov.

cial chargé de ces questions. Puis en mai, il destitua son Premier ministre et le remplaça par le terne mais fidèle Sergueï Stepachine. Berezovski et ses amis du Kremlin furent alors soulagés. Mais la situation restait délicate, le nouveau promu recherchant un compromis avec Primakov qui était toujours au sommet de sa popularité.

Après son limogeage, le socle électoral de ce dernier – que supportait le maire de Moscou – commença à prendre corps. Des comités de soutien se formèrent à travers tout le pays pour appuyer son programme d'une renaissance de la Russie. La conjoncture semblait de nouveau désespérée pour les oligarques et le Kremlin, affaiblis par des révélations portant sur le blanchiment de milliards de dollars par les proches du « tsar Boris ». Les élections législatives se profilant en décembre, et la présidentielle six mois plus tard, les clans du Kremlin savaient qu'ils étaient à deux doigts de perdre le pouvoir. Il leur fallait vite trouver un moyen de renverser la vapeur.

Depuis plusieurs mois déjà, dans l'entourage de Berezovski, circulait l'idée d'aller chercher le chef de guerre tchétchène Chamil Bassaïev, figure de proue des indépendantistes, qui avait été en 1996-1997 un partenaire d'affaires de l'oligarque. L'homme idéal pour fomenter « une petite guéguerre, un conflit frontalier, un spectacle avec feu d'artifice… un grand jeu de gendarmes et de voleurs ».

L'affaire fut conclue sur la Côte d'Azur à la mi-juillet 1999[1], dans la villa d'un riche marchand d'armes saoudien, par trois hommes : Anton Sourikov, ancien officier du GRU (renseignement militaire) qui avait chapeauté le bataillon des frères Bassaïev durant la guerre d'Abkhazie de 1992-1993, l'islamiste Chamil Bassaïev (arrivé par bateau sous pavillon anglais) et... le chef de l'administration présidentielle de l'époque[2]. Les comploteurs se mirent d'accord sur le plan d'action suivant : « Au départ devra se produire un petit accrochage à la frontière avec la Tchétchénie. Puis Bassaïev devra occuper les districts au sud du Daghestan. » Un indice allait dans le sens de ces instructions : le ministère de la Défense russe avait retiré ses contingents des régions voisines, afin de persuader les Tchétchènes de lancer une offensive facile.

« Ensuite, l'armée russe entrera en action et chassera les hommes de Bassaïev. Elle devra en profiter pour pénétrer en Tchétchénie. [...] Tout cela prendra assez de temps et le pays vivra au rythme des communiqués militaires. [...] Pendant ce temps se produira la relève du pouvoir grâce à la nomination du "sauveur de la Russie" au poste de Premier ministre. »

Ce fut pour Berezovski l'occasion de pousser le gouverneur de Krasnoïarsk, le général Lebed (dont il finança la campagne en vue de l'élection à ce poste en 1997), à jouer le rôle de « sauveur de la Russie ».

1. Comme le confirma Berezovski lui-même.
2. Alexandre Volochine.

Deux éléments de ce tableau furent confirmés par plusieurs sources concordantes : le désir des boyards du Kremlin d'instrumentaliser la guerre en Tchétchénie pour influer sur la situation en Russie ; et l'utilisation des contacts privilégiés de Berezovski avec les chefs de guerre tchétchènes. Apparaissent aussi deux niveaux de manipulation parallèles : l'un, mis en scène par l'oligarque ; l'autre, par les militaires dont il nous faut parler maintenant en mentionnant le rôle du chef d'état-major Anatoli Kvachnine – à l'époque allié fidèle de Poutine et allergique à Lebed.

Ce général taciturne et volontaire supervisa en effet le volet militaire de cette partie de poker menteur, d'autant qu'il avait une revanche à prendre en Tchétchénie, où il avait essuyé plusieurs échecs en 1995 au cours du premier conflit. Après la première attaque (effectivement menée par Bassaïev au Daghestan au début du mois d'août 1999), Kvachnine aurait refusé de jouer la partition écrite par Berezovski, bloquant *de facto* le chef de guerre tchétchène. Selon nos sources, un autre oligarque[1] voulait aussi faire capoter le plan initialement prévu en s'opposant vigoureusement à la candidature du général Lebed au poste de Premier ministre.

Le scénario ne se déroula donc pas conformément aux visées de Berezovski et fut détourné par un nouveau centre du pouvoir secrètement mis en place depuis le printemps, qui reposait sur une alliance

1. Le libéral Anatoli Tchoubaïs.

entre les services secrets et une faction dure de l'armée, menée par Vladimir Poutine.

Ainsi ce dernier fut-il poussé en première ligne par le jeu des forces obscures voulu par ses parrains politiques.

Les appuis politiques

Les premiers à soutenir Poutine furent donc les militaires qui menèrent en Tchétchénie cette opération sur mesure, laquelle se solda par près de sept mille morts russes. En échange, le commandement de l'armée voulut être associé à la direction du pays et imposer une politique de « puissance » : réarmement, reconstruction au moins partielle de l'ancienne URSS, stratégie « antihégémonique » – c'est-à-dire antiaméricaine – impliquant notamment une plus grande coopération avec les alliés traditionnels de l'URSS, Cuba, l'Irak, la Corée du Nord, l'Iran, l'Inde et surtout Pékin, toujours preneur de ce genre de collaboration, en particulier dans le domaine militaire.

Dans un deuxième temps, ses pairs, les gens de l'ex-KGB, aidèrent leur camarade à s'imposer, puis à consolider son pouvoir. Après des années d'humiliation, l'échec de la guerre en Afghanistan, la réduction des effectifs et des moyens, le KGB et l'armée espéraient occuper de nouveau une place importante sur l'échiquier politique.

Puis vinrent les « boyards », ou « oligarques », ces hommes d'affaires que nous avons vus édifier d'immenses fortunes à l'ombre du système Eltsine. Les dirigeants des grands conglomérats économiques tels que Gazprom ont toujours été liés avec le Kremlin. Ils ne formaient pas un groupe monolithique, mais ils épaulèrent dans l'ensemble Poutine, tant ils étaient, selon leurs dires, « affolés » par la perspective d'une remise en question par Primakov des résultats des privatisations.

Le quatrième et dernier parrainage fut pour le moins paradoxal. Il s'agissait du soutien confidentiel du parti communiste, traditionnellement lié avec les cadres du KGB. Officiellement, son leader, Ziouganov, était le principal adversaire de Poutine. Mais les deux hommes avaient un intérêt commun à ce qu'il en fût ainsi : pour Poutine, c'était le moyen de mobiliser à son profit les deux tiers de l'électorat, restés irréductiblement hostiles au système de 1917 ; pour Ziouganov, c'était, en sens inverse, l'occasion de raffermir son emprise sur le dernier tiers.

L'éphémère successeur de Primakov au poste de Premier ministre, Stepachine, ne vit pas le vent tourner. Il fut donc remplacé, en août 1999, par Vladimir Poutine. Le nouveau chef du gouvernement allait donner à Eltsine tous les gages nécessaires en le protégeant des attaques politico-judiciaires visant sa famille. Il irait jusqu'au bout pour combattre Primakov, et Eltsine en était conscient.

Laissons le président russe décrire les motifs de son choix : « La chose la plus significative fut sa très grande fermeté politique. [...] Les multiples accrochages avec Primakov, qui entendait bien mettre le FSB sous sa coupe, n'ébranlèrent pas Poutine qui refusait catégoriquement de devenir le jouet de manœuvres politiciennes. »

Ses nouvelles fonctions donnèrent à Poutine des moyens considérables pour influencer les gouverneurs des régions et les dirigeants des grandes entreprises. Ainsi le chemin des élections présidentielles fut-il débroussaillé ; mais il fallait à présent s'assurer le soutien de l'électorat (Eltsine était alors tombé à 1 % de popularité).

La série d'attentats sanglants du mois d'août, à Moscou et en province (deux cent quatre-vingt-treize morts au total), changea définitivement la donne en provoquant un réflexe sécuritaire et légitimiste dans la population. Poutine – qui contrôlait déjà pratiquement tous les médias grâce au concours des oligarques – dénonça violemment à la télévision la responsabilité tchétchène. Peu importe qu'il n'ait jamais pu présenter des preuves convaincantes, car les événements allaient se précipiter.

Le 23 septembre 1999, la Russie se lança dans une nouvelle guerre contre les indépendantistes tchétchènes avec l'appui de l'opinion publique mise en condition par cette vague d'attentats.

Poutine était devenu intouchable : le conflit avait renforcé son alliance avec l'armée. Il exploita aussi habilement la vague nationaliste en manipulant les médias avec l'aide de ses conseillers en image des services secrets. Ces derniers mirent en exergue son jeune âge – antithèse d'un Eltsine diminué – et soulignèrent l'attachement du Premier ministre à la renaissance de la Russie en se référant aux deux figures historiques les plus populaires du pays, selon les sondages : le tsar Pierre le Grand et l'ex-chef du KGB Andropov (le premier symbolisant la grandeur de la Russie ; le second, la lutte contre la corruption).

En novembre, tous les objectifs de l'opération « cordon sanitaire » étaient atteints. L'offensive pouvait dès lors être arrêtée. Elle se poursuivit pourtant, avec la rencontre de deux intérêts convergents : la volonté de revanche des militaires et le désir du Kremlin d'utiliser la guerre pour assurer son succès électoral. Non seulement Moscou reprit pied en Tchétchénie en préservant son avantage stratégique dans le Caucase, mais cette intervention ruina les chances des autres candidats face à Poutine. Primakov n'allait même pas se présenter aux élections présidentielles.

L'ultime compte à rebours commença. Les combats s'intensifièrent en Tchétchénie et tournèrent à la guerre de reconquête. Le visage acéré, Poutine promit une victoire totale et – pour reprendre ses termes – « de buter les terroristes tchétchènes jusque dans les chiottes ! »... L'opinion publique, lassée par la crise économique et humiliée par la perte du statut de grande puissance du pays après la chute de l'empire soviétique, se rallia à lui en quelques semaines. De

1 % d'avis favorables, il passa en un temps record à 70 % ! À la fin du mois d'octobre, il était en tête des sondages. Dans les derniers jours de novembre, le nouveau parti [1] créé sur mesure en vue de le soutenir fit une percée dans l'opinion, pour remporter les législatives de décembre 1999. Berezovski essaya en vain de prendre le train en marche en finançant ce parti (de son propre aveu avec l'argent d'Aeroflot, qui transitait par ses sociétés en Suisse). Mais terrassé par une hépatite virale à Moscou, l'oligarque était définitivement mis hors jeu.

En mars de l'année suivante, les troupes fédérales établirent le contrôle sur la majeure partie du territoire de la Tchétchénie.

Le pays renoua très vite avec la croissance économique, notamment grâce à la flambée des prix du pétrole, source principale du budget russe. Dans ce contexte, les banques créancières occidentales annulèrent une partie de la dette russe : 16 milliards de dollars, soit la moitié des dettes de l'ex-URSS – un cadeau très coûteux pour le nouveau dirigeant du Kremlin.

À cette époque, le personnage de Poutine était encore entouré de mystère. L'opinion se demandait qui était cet homme. Un petit Machiavel ? Un obscur agent des services secrets, avide de pouvoir ? Un homme d'État choisi par la Providence pour assurer la renaissance de la puissance russe ?

1. Yedinstvo (Unité).

Un homme pluriel

D'un point de vue technique, la succession d'Eltsine s'était faite à l'improviste. Début octobre 1999, Poutine avait été contraint d'ajourner le Conseil des ministres. Le « tsar Boris » l'avait convoqué de manière inattendue. Plusieurs ministres avaient immédiatement alerté : le nouveau chef du gouvernement n'allait-il rester à son poste que trois mois ? Mais Eltsine souhaitait simplement informer son protégé de sa décision de prendre une retraite anticipée.

La résolution du président fut aussitôt traitée comme un secret d'État. Poutine lui-même hésitait sur la conduite à tenir. Eltsine, toujours impulsif, était un homme totalement imprévisible : il pouvait changer subitement d'avis et le disgracier comme il l'avait déjà fait avec tant de prétendants potentiels !

Deux jours avant le nouveau millénaire, Eltsine convia néanmoins son « héritier » au Kremlin pour la passation de pouvoir. Selon Poutine, il n'y avait jamais eu d'intimité particulière entre eux. Les relations entre les deux hommes d'État ne pouvaient pas plus être décrites comme amicales. Poutine n'avait jamais été un admirateur forcené d'Eltsine qui, à son tour, n'avait guère nourri de sentiments paternels envers son cadet. Tous deux étaient pragmatiques, aussi ce ton, qui leur était naturel, avait-il été retenu dans leur communication quotidienne. À vrai dire, Eltsine n'était nullement intéressé par les états d'âme de son Premier ministre. De ce dernier, en effet, comme de tous les autres, il n'exigeait qu'une obéissance inconditionnelle. En bref, Eltsine a simplement demandé à son interlocuteur s'il était prêt à assumer la responsabilité du destin de son pays… et Poutine a dit oui !

Le 31 décembre 1999, Boris Eltsine annonça donc sa démission et désigna Poutine comme son successeur. Trois mois plus tard, en mars 2000, le candidat fut élu chef de l'État russe au premier tour de scrutin, sans même présenter de programme d'action, notamment en matière économique. Il faut dire qu'il avait su ratisser large. En dépassant les clivages gauche/droite et en développant un discours nébuleux tous azimuts, appelant un électorat disparate « à faire renaître la Russie, à restaurer la verticale du pouvoir et à assurer la dictature de la loi », il avait confirmé sa réputation d'homme habile aux multiples visages.

Ainsi que je l'ai évoqué dans les premières pages de ce livre, cette impression m'avait déjà frappé bien avant son élection ! En une seule soirée, j'avais pu observer, comme au spectacle, la succession des masques empruntés par l'étrange adjoint au maire de Saint-Pétersbourg. De prime abord, Poutine ressemble à un Pétersbourgeois moyen de souche. Seul son regard le rend différent : des prunelles bleu acier masquant, derrière une apparente froideur, des pensées secrètes et des passions dissimulées. L'homme paraît indéchiffrable, même si je l'ai vu verser des larmes aux obsèques de son ancien patron Sobtchak...

Rappelons-le une fois encore : derrière Poutine se cachent plusieurs hommes. Il est tour à tour agent de renseignements introduit dans le monde extérieur, adjoint au maire démocrate de Saint-Pétersbourg, gestionnaire compétent, puis haut fonctionnaire du Kremlin, chef des services secrets choisi pour défendre les intérêts d'Eltsine et de sa famille, et enfin, nous venons de l'évoquer, Premier ministre de la guerre en Tchétchénie, fin manœuvrier, jouant habilement des clans politico-mafieux. Le cinquième homme est le tsar affrontant des défis majeurs dans la Russie du XXIe siècle.

En réalité, Poutine est tout et son contraire.

Le tsar et les boyards

Comment Poutine s'y est-il pris pour se rendre incontournable ? Lors de sa nomination comme Premier ministre, il avait eu, nous l'avons vu, cette expression absolument extraordinaire et parfaitement calculée, bien que pouvant passer pour un dérapage : « On va buter les terroristes tchétchènes jusque dans les chiottes ! » Si la formule était choquante, y compris pour les Occidentaux, il l'avait testée à plusieurs reprises auprès de ses collaborateurs, de ses conseillers et de son entourage. Or elle passait très bien. Pour quelle raison ? Parce que le pays était criminalisé, qu'il vivait dans un sentiment de recul et d'humiliation, et que les Russes, après avoir vu pendant des mois sur leur petit écran le visage complètement bouffi d'Eltsine, ont apprécié l'image et la fermeté de Poutine lorsqu'il a pris le micro après le journal télévisé du soir.

C'est par cette formule, par son image et par l'habileté de son utilisation du code mental du pays qu'il s'est imposé, sans oublier le soutien que lui ont apporté les oligarques, l'armée et le KGB – les trois piliers de son système… Il faut dire que, dans cette affaire, les gens qui, comme Boris Berezovski, pensaient tenir « leur tsar » se trompaient lourdement, car à peine élu, c'est le tsar qui vous tient. La donne allait vite changer. Ainsi, le premier acte de Poutine fut de limoger Berezovski, parce qu'il « en savait trop ». Sa liquidation politique fut si radicale que, lorsqu'on demanda au nouveau chef du Kremlin ce qu'il pensait du personnage, il répondit : « Mais qui est Berezovski ? »

L'homme de l'ombre mesure toujours sa puissance à l'étendue de ses réseaux. Et Poutine n'a pas hésité à mettre à son profit tout le potentiel de l'ex-KGB, y compris ses anciens collaborateurs reconvertis. Comme il le dit lui-même : « Il faut utiliser efficacement les vétérans des services. » Ainsi l'ancien patron du KGB, Vladimir Krioutchkov, avait-il pu voir régulièrement le « nouveau tsar » et lui prodigua-t-il des conseils. Il fut même l'invité d'honneur de la cérémonie d'investiture du président.

Poutine s'est d'ailleurs montré reconnaissant envers ses collègues : sur les vingt et une nominations de la haute administration auxquelles il a procédé durant les trente premiers jours de son mandat, onze concernaient des anciens des services secrets. Le Conseil de sécurité allait être dirigé par un homme de confiance, kaguébiste pur sang, le général Sergueï Ivanov (aujourd'hui chef de l'administration présidentielle), et cinq superpréfets sur les sept nommés par le nouveau président étaient des généraux des services secrets ou de l'armée.

Au mois de décembre 1999, Poutine se rendit à la Loubianka, siège emblématique des services secrets, pour célébrer la création de la Tcheka, la police politique de Lénine. Lors du banquet, un toast fut proposé : « Que tous les tchékistes se lèvent ! » Tout le monde s'est dressé comme un seul homme au garde-à-vous, Poutine également… Comme on dit dans ces murs : « On ne quitte jamais le KGB. » Allait-il pour autant, en vrai membre des services secrets, jouer sur tous les tableaux ? L'ex-KGB contre l'armée, ou encore contre les oligarques ?

En tout état de cause, il a donné cette impression en janvier 2001 en écartant de l'état-major spécial chargé de mener la guerre en Tchétchénie un vieux maréchal[1], ministre de la Défense. Afin de gérer ce conflit au mieux de ses intérêts, l'ex-lieutenant-colonel Poutine a donc appelé son vieil ami de Saint-Pétersbourg et chef de ses services secrets[2]. Une décision justifiée, selon Poutine, par le fait que « le FSB est un organe qui, aux termes de la Constitution, doit lutter contre le terrorisme ». Or la « lutte contre le terrorisme islamique » est la seule justification du Kremlin pour poursuivre contre vents et marée une guerre qui, à l'instar de celle de la fin des années 1980

1. Igor Sergueïev.
2. Le lieutenant général Patrouchev.

en Afghanistan, est en train de devenir une mine à retardement pour le régime.

Si la police secrète a toujours été au cœur de l'État russe, une autre tradition veut qu'on ne lui permette jamais d'acquérir trop d'influence. Et un tsar qui s'appuierait exclusivement sur elle serait condamné. Poutine a sans doute médité plus d'une fois sur le destin de Beria, le chef des services secrets de Staline, écarté et liquidé en 1953 dans des conditions dramatiques.

Le prix Nobel de littérature Alexandre Soljenitsyne (qui fut au début sceptique envers Poutine avant de devenir son admirateur) a affirmé : « On a choisi Poutine en estimant qu'il est le plus apte à rendre intouchable le butin des grands enrichis. Son premier décret, qui garantit l'immunité de Boris Eltsine – un décret incroyable ! – le prouve à l'évidence. » Cependant, l'ancien dissident, qui accusa Eltsine d'avoir « détruit la Russie », est visiblement plus séduit par Poutine, qu'il a reçu chez lui en « espérant qu'il rompe le pacte de fidélité et fasse une autre politique ».

Certes, le nouveau tsar ne fut pas un banal instrument entre les mains des seigneurs oligarques. Avant d'être élu, il a joué à la perfection la partition écrite par ses parrains politiques, à savoir remplacer le vieux « tsar Boris », lui garantir l'immunité judiciaire, et conduire la guerre de Tchétchénie en lui assignant un double objectif : détourner la vindicte populaire contre le pouvoir sur les Caucasiens et remporter le scrutin présidentiel.

Après les élections, Vladimir Poutine s'est révélé un manipulateur beaucoup plus sophistiqué que Boris Eltsine et n'a pas fait de cadeaux aux boyards déchus. L'arrestation en janvier 2001 aux États-Unis de l'ancien protecteur du président russe, Pavel Borodine, paraissait indiquer que Poutine ne faisait de ce délicat dossier un *casus belli* ni avec Washingon ni avec la Suisse qui réclamait son extradition pour l'affaire de corruption que nous avons évoquée [1]. Poutine a ainsi toléré de « lâcher » son ex-mentor (aussitôt remplacé à son poste de secrétaire exécutif de l'Union Russie-Biélorussie). Il s'est d'ailleurs vite distancié de la « famille » eltsinienne. Les grands oligarques comme Boris Berezovski n'en sont plus les figures centrales. Désormais, le nouveau tsar veut imposer.

Poutine a en tout cas compris qu'il ne pourra conserver la confiance de l'opinion et le soutien des services secrets et de l'armée qu'en prenant des mesures contre la « mégacorruption », dans ce pays où 40 % de la population vivaient à l'époque au-dessous du seuil de pauvreté et où l'économie restait largement criminalisée. Depuis l'été 2000, l'assaut a donc été lancé contre les oligarques susceptibles de financer des opposants politiques potentiels, en reprenant le contrôle des grands médias russes qui

1. Voir p. 84.

avaient formulé des critiques sévères envers le régime d'Eltsinc. Et les actions judiciaires pleuvent. Attaqué pour sa gestion, soupçonné de fraude, le groupe Media-Most, propriétaire d'une seule chaîne de télévision indépendante, a dénoncé, en vain, un complot ourdi par le Kremlin et a dû partir en émigration en Espagne.

Quant à Berezovski, il avait appliqué la maxime de Cocteau : « Ces événements nous dépassent, feignons d'en être les organisateurs... » Particulièrement mis en cause dans des affaires de blanchiment d'argent (un milliard de dollars au total), il était vite passé à l'« opposition ». Tantôt à Londres, dans sa luxueuse résidence de Kensington voisine de la demeure de feu la princesse Diana, tantôt dans son château de la Côte d'Azur, Berezovski déclarait à qui voulait l'entendre qu'il préférait être « un réfugié politique et non un prisonnier politique ». Il avait renoncé à son mandat de député et s'était prononcé contre une politique « souhaitable, certes, mais irréaliste » de mise au pas en matière financière.

Depuis son exil londonien, Berezovski avait tenté à plusieurs reprises de s'immiscer dans la politique russe et avait vivement critiqué le pouvoir de Poutine. En 1999, il l'avait notamment accusé d'avoir été impliqué, en tant qu'ancien chef du FSB, dans trois explosions d'immeubles[1] ayant contribué à déclencher la seconde guerre de Tchétchénie qui permit à Poutine

1. On dénombra trois cents morts à Moscou et à Volgodonsk.

d'être suffisamment populaire pour accéder à la présidence.

Plus tard, il allait dénoncer l'escalade autoritaire du régime, prétendant que Poutine avait pour projet d'instaurer un pouvoir dictatorial et qu'il pourrait préparer un coup d'État au terme de son dernier mandat afin de rester en place, contrairement à ce que prévoyait la Constitution russe.

En 2002, il fonda un nouveau parti politique, Russie libérale, en vue de s'opposer à Poutine lors des élections législatives de décembre, tout en soutenant financièrement le parti communiste[1].

La même année, il demanda officiellement l'asile politique au Royaume-Uni, tandis que la Russie réclamait son extradition par un mandat d'arrêt international pour « fraude, blanchiment d'argent et appel au renversement par la force du pouvoir constitutionnel ». L'administration russe le recherchait notamment pour abus de biens sociaux et détournement de fonds en rapport avec ses sociétés LogoVAZ et Andava. Cette dernière, immatriculée à Lausanne, avait « collecté » les revenus des antennes de la compagnie aérienne Aeroflot dans le monde en ponctionnant au passage d'importantes commissions.

Berezovski était en outre suspecté d'avoir financé

1. Le député Sergueï Iouchenkov, principale figure de Russie libérale, fut assassiné en avril 2003 et Berezovski, exclu de son parti peu après.

des groupes tchétchènes[1]. À Londres, il s'était rapproché d'un émissaire des séparatistes[2] et d'un transfuge, agent des services secrets russes, Alexandre Litvinenko, à qui il avait fourni logement et emploi. L'affaire fit la une de tous les médias internationaux, Litvinenko ayant ingéré fin 2006 une dose mortelle de polonium 210 dans des circonstances non encore élucidées. Les milieux proches du président Poutine dénoncèrent immédiatement l'implication de Berezovski dans ce meurtre, lequel utilisa la disparition de Litvinenko dans sa croisade médiatique contre Poutine.

En 2004, Berezovski finança la Révolution orange en Ukraine. Deux ans plus tard, en janvier 2006, il déclara : « Toute action violente de la part de l'opposition est aujourd'hui justifiée, y compris une prise de pouvoir par la force, sur laquelle justement je travaille », avant de renouveler son appel à un renversement du gouvernement russe dans les colonnes du quotidien britannique *The Guardian*[3].

À vrai dire, l'affaire Litvinenko l'avait replacé au-devant de la scène. Un agent des services secrets russes[4] avait publiquement accusé Berezovski d'avoir obtenu son exil en Grande-Bretagne en échange de

1. En contact avec le chef de guerre Chamil Bassaïev.
2. Akhmed Zakaïev, responsable de trois cent deux meurtres et de nombreux enlèvements, qui faisait lui aussi l'objet d'un mandat d'arrêt russe pour création de bandes armées.
3. Le 13 avril 2006.
4. Andreï Lougovoï, suspecté en Grande-Bretagne du meurtre de Litvinenko.

la transmission au MI6 de documents russes classés secret d'État, qu'il aurait réunis du temps où il était numéro deux du Conseil national de sécurité [1], sous la présidence de Boris Eltsine. L'homme avait également déclaré considérer que Berezovski était impliqué dans le meurtre d'Alexandre Litvinenko, dont les commanditaires auraient été le MI6 ou les terroristes tchétchènes (pour des motifs politiques, en vue d'affaiblir la Russie), ou Berezovski lui-même (dans le but supposé d'échapper à l'extradition réclamée par la Russie).

En juillet 2007, la justice brésilienne émit un mandat d'arrêt pour blanchiment d'argent contre « l'homme d'affaires russe Boris Berezovski réfugié en Grande-Bretagne » – le second après celui de la Russie. Cela décida Berezovski à se présenter comme un opposant au Kremlin, laissant certains analystes supposer qu'il s'agissait pour lui, sous couvert de rhétorique démocratique, de tenter de se soustraire à la justice.

En 2011, après plus de dix ans d'enquête, il fut finalement mis en examen pour avoir, selon le parquet, blanchi d'énormes sommes d'argent en ayant acheté trois propriétés de luxe au cap d'Antibes. Le clocher de la Garoupe aurait ainsi été payé 13 millions d'euros à Mme Francis Bouygues, le 31 juillet 1997, ce que Boris Berezovski nia, mais une note de police de 1999 et un rapport des impôts confirmèrent que cette pro-

1. En 1996-1997.

priété avait effectivement été acquise par l'oligarque via un montage financier complexe, avec des liquidités ayant transité par des banques luxembourgeoises et suisses. Le procureur en charge de l'affaire requit à ce titre, début 2013, son renvoi devant le tribunal correctionnel[1].

En novembre 2012, contre toute attente, Boris Berezovski « demand[a] pardon » à Vladimir Poutine dans une lettre[2] et annonça son intention de retourner en Russie. Sa mort, quelques mois plus tard, dans sa villa, présentée comme un suicide, mit fin à treize ans de duel contre son ancien protégé.

De nos jours, Boris Berezovski jouit en Russie d'une mauvaise réputation, et les crimes et escroqueries qui lui ont été imputés ont fait l'objet de plusieurs ouvrages[3].

---

1. En 2005, des perquisitions faites à la Garoupe mirent l'Office central de répression de la grande délinquance financière (OCRGDF) sur la piste d'un autre oligarque, Roman Abramovitch, suspecté d'avoir apporté une caution bancaire pour une partie des fonds, via sa société Sibneft (selon Berezovski, Abramovitch n'apparaissait plus dans le capital de Sibneft, car il était trop exposé politiquement, mais il continuait d'en percevoir une rente et le produit de la cession d'actions – ce que nia l'intéressé). La justice saisit une partie des biens et des fonds de l'oligarque (pour l'équivalent de plus de 74 millions d'euros). Berezovski intenta un procès à Abramovitch devant la Haute Cour de justice anglaise pour le contrôle de Sibneft, demandant 3 millions de livres de dommages et intérêts, procès qu'il perdit en août 2012.

2. Celle-ci n'a cependant jamais été authentifiée.

3. Notamment *Godfather of the Kremlin : Boris Berezovsky and the Looting of Russia*, écrit par le journaliste américain Paul Klebnikov, rédacteur en chef de la version russe de *Forbes*, assassiné en 2004 dans des circonstances non élucidées.

Jouer sur les peurs

L'histoire russe montre que la fonction métamorphose souvent l'homme qui l'endosse. Khrouchtchev, criminel stalinien, devint le symbole même de la déstalinisation en utilisant une partie du programme de Beria, le chef des services secrets de Staline. Le tsar doit être capable de manipuler les idées de ses adversaires.

Poutine n'hésita donc pas à présenter la situation de la Russie en des termes se rapprochant du discours des ténors communistes de la douma qui autrefois voulaient destituer Eltsine. Il reprit même à son compte leur concept de « génocide » de la nation russe. Reconnaissant que la population diminuait chaque année de sept cent cinquante mille personnes, il annonça : « La survie de notre nation est menacée. » Ces déclarations furent accompagnées de propos aimables à l'endroit de Guennadi Ziouganov, secrétaire du parti communiste. Poutine parvint ainsi à « neutraliser » le principal parti d'opposition. Lors du Congrès du PC, tenu en grande pompe au début du mois de décembre à la

Maison des colonnes de Moscou, ses délégués se prononcèrent pour une « attitude constructive » à l'égard du président.

Selon l'analyse du chef de l'État, le déclin résultait d'une situation économique désastreuse, et il ne se faisait guère d'illusions sur la récente amélioration de la conjoncture, essentiellement due à la hausse du prix du pétrole. Afin d'éviter une catastrophe nationale, Poutine préconisa un seul antidote : la renaissance des structures étatiques détruites par le chaos postcommuniste. Il divisa la Russie en superrégions et nomma par décret sept superpréfets. Il imposa à la douma une réforme du Conseil de la Fédération (le Sénat), mettant fin à la participation des gouverneurs à cette assemblée.

Pour imposer ses projets, le président brandit consciemment la menace d'un éclatement du pays, le présentant comme un ensemble d'îles dirigées par la mafia locale et les oligarques. Son approche est à la fois marquée par son passé policier et technocratique : il définit des objectifs et, pour les atteindre, tous les moyens sont bons. Sa stratégie repose sur la manipulation des phobies, notamment du complexe viscéral de la population dit « du château assiégé », reflétant la crainte des Russes devant les forces hostiles de l'extérieur, les Tchétchènes, l'OTAN, l'économie de marché.

Mais Poutine utilise aussi les peurs des Occidentaux, qui redoutent que la Russie ne devienne instable et belliqueuse si elle n'a pas à sa tête un tsar fort. Il a réussi quelques opérations, comme ce projet d'approvisionnement de l'Europe en gaz naturel, qui pourrait effectivement sceller une « alliance énergétique » de l'Atlantique à l'Oural et faire oublier, chemin faisant, aux Occidentaux les quelques « dérives malheureuses » de son parcours, notamment en Tchétchénie.

Ainsi la Russie a-t-elle commencé à vivre dans une sorte de « démocratie contrôlée ». La catastrophe du sous-marin *Koursk* en mer Baltique, alors qu'il participait à des manœuvres d'entraînement, allait mettre à l'épreuve la stratégie de Poutine.

La tragédie du *Koursk*

Le 12 août 2000, deux explosions, à deux minutes d'intervalle, pulvérisèrent la plupart des compartiments du *Koursk*. Construit en 1995, le *Koursk* était le plus récent et le plus robuste des sous-marins lance-missiles russes. Pour cette raison, il avait été appelé à prendre part à ce qui devait être le plus extraordinaire exercice naval de l'année. Le bâtiment devait à cette occasion tester de nouveaux moteurs de torpille, réputés plus économes mais également plus rustiques. Les torpilles restaient les mêmes, seule la propulsion changeait. Ce fut un retour de flamme de l'allumage du moteur qui provoqua l'explosion fatale[1].

Poutine attendit une semaine pour interrompre ses vacances à Sotchi et rentrer au Kremlin. Les Russes ne virent dans ce retour tardif qu'un geste

1. Ces informations, publiées par l'organe du ministère de la Défense russe, *Krasnaïa Zvezda*, furent confirmées par des sources américaines dans le *Washington Post* (21 octobre 2000) et par *Valeurs actuelles* (30 octobre 2000).

accompli sous la pression de l'opinion publique. Ils avaient été médusés par le saisissant contraste entre les terribles images venant du Nord et celles de la mer Noire, où le président, bronzé et en polo Lacoste, affirmait que la Russie disposait de tous les moyens nécessaires au sauvetage. Même les journaux proprésidentiels s'étaient étonnés du ton sec et distant de Poutine à l'égard des sauveteurs, et de son manque de compassion pour les familles des marins. Le même jour, l'amirauté russe avait demandé l'aide de la Grande-Bretagne et de la Norvège. Pour l'opinion, il était clair qu'on avait perdu quatre jours à cause de l'orgueil du nouveau tsar.

Sa méthode de manipulation, jusqu'alors efficace, fut battue en brèche par la liberté de la presse. Les journalistes n'avaient pas eu peur de livrer des informations sur la désorganisation des institutions de l'État. Ainsi, peu après que le vice-Premier ministre eut déclaré que « les familles [avaient] été prévenues que les délais de survie [étaient] dépassés », Poutine avait affirmé de son côté : « Les sauveteurs se battront jusqu'à la dernière minute pour la vie de chaque marin. »

Pourquoi l'état-major de la marine russe a-t-il laissé se propager tant d'informations fantaisistes ? Pourquoi a-t-il fait croire à une collision avec un autre navire ou avec une mine ? Était-ce pour ne pas admettre un accident technique ?

Contrairement à la guerre en Tchétchénie, l'exécutif n'a pas su expliquer ses prises de position sur la crise du sous-marin. L'opinion attendait une réaction « morale et émotionnelle » du président, elle n'a eu qu'une réponse de technocrate.

Poutine s'est-il laissé abuser par le haut commandement de l'armée et de la marine, qui lui aurait, au moins au début, caché l'ampleur du désastre ? C'est improbable : il était informé de la réalité de la situation par Sergueï Ivanov, à l'époque secrétaire du Conseil de sécurité[1], qui s'appuyait sur les informations du FSB. Le chef du Kremlin a donc essayé d'influencer l'opinion publique en son âme et conscience pour soutenir le haut commandement militaire, son allié, au nom de la grandeur du pays. Mais cette fois, ni la presse ni la société civile russe naissante ne se sont laissé berner.

Le pire reste cette séquence, vue par le monde entier à la télévision, dans laquelle la mère d'un marin du *Koursk*, ravagée par le désespoir, fustigea le vice-Premier ministre russe chargé des opérations de sauvetage : « Vous avez des enfants, vous ? Sûrement pas. Combien de temps cela va-t-il encore durer ? Ils sont là en train de mourir dans cette boîte de conserve. Et pour 350 francs par mois… » Un homme tenta de la calmer, murmurant à son oreille, mais elle reprit de plus belle avant de s'effondrer d'un bloc. La scène était déjà insupportable, mais un détail accablant, une femme lui administrant une injection à tra-

1. Aujourd'hui chef de l'administration présidentielle.

vers ses vêtements, allait être découvert sur une photo agrandie. Les représentants du pouvoir avaient vite retrouvé les vieilles méthodes…

La tragédie du *Koursk* a montré que les plus hautes responsabilités exigent d'autres qualités que celles prônées par les hommes de l'ombre. D'ailleurs, Poutine n'a-t-il pas avoué ses limites en prétendant que même dans ses pires cauchemars il n'aurait pas imaginé être un jour président ? Certes, il ne faut pas le juger avant l'heure ni mesurer cette Russie en pleine phase de transition à l'aune des pays occidentaux. En attendant, Poutine persista et signa « sa méthode ». Ainsi fut-il capable, dans la même journée, de déposer une gerbe de fleurs sur la tombe de Sakharov, flambeau de la dissidence, avant d'aller se recueillir sur celle d'Andropov, figure emblématique du KGB et persécuteur du premier.

Interminable succession de masques, éternel retour des hommes des services secrets…

Poutine et Soljenitsyne

Ce fut dans ce contexte que le plus connu des écrivains russes, le grand dissident Soljenitsyne, accepta d'écouter et de recevoir Vladimir Poutine en septembre 2000, à la demande de celui-ci. Il approuvait certaines des idées émises alors – nécessité d'un gouvernement fort (compte tenu de la taille, de la complexité et de la situation du pays), de remettre de l'ordre et de définir une « voie propre à la Russie », etc.

Le président le flatta et utilisa par la suite son image. Néanmoins, cela demeura sans suite : « Je lui ai bien donné quelques conseils, mais je constate qu'il n'en a suivi aucun », notera l'écrivain...

Le système autoritaire que suggérait Soljenitsyne pour son pays était conçu comme « une descente douce en lacet, qui nous mènerait du roc glacé de la tyrannie à la démocratie[1] ». Il en détaillait toutes les modalités constitutionnelles, avec notamment des ministres techniciens, un ministère de l'Autoges-

1. *Le Grain tombé entre les meules,* Fayard, 1998 et 2005.

tion locale et une école supérieure d'administration, un droit d'initiative populaire, un contrôle éthique exercé par une instance morale et une complète séparation des pouvoirs.

Pour les partis russes, Soljenitsyne formulait cinq souhaits : qu'aucune décision radicale concernant les destinées de l'État ne soit de leur ressort et ne leur soit confiée ; que chacun soit « public, enregistré, avec son programme », sans aucune immixtion possible dans la production, l'administration et l'instruction ; que les élus le soient pour eux-mêmes et non sur des listes partisanes, et qu'ils quittent leur parti pendant toute la durée de leur mandat pour n'agir alors que sous la seule responsabilité de leurs électeurs ; que soit interdite « à tous les degrés du gouvernement de l'État » la formation de groupes de membres d'un même parti – enfin, que la notion de « parti dirigeant » cesse d'exister.

Poutine en privé

Poutine affirme haut et clair, découvrant son vrai visage : « Franchement, quand je regarde en arrière, il n'y a pas d'erreur ! » Il n'hésite pas, d'ailleurs, à parler « au premier degré » avec ses interlocuteurs ; il est à l'aise avec son entourage… Quand on lui a demandé s'il avait pris des décisions qu'il aimerait corriger, il a répondu tout de go : « Non. Honnêtement, quand je regarde en arrière, mon bilan devrait me permettre de rester encore au pouvoir ! »

Son ambition est de créer un « État équilibré à tous les niveaux » ; il estime que « des décennies » (!) seront nécessaires pour atteindre cet objectif. Et il n'entend pas lâcher la barre. « J'ai le choix entre deux possibilités : rester au bord et regarder l'eau qui coule, observer comment les choses se désagrègent, ou bien me mêler de la situation. Je préfère m'en mêler », annonce-t-il. Il s'imagine volontiers en agent 007, aspirant à sauver les hommes lorsque les difficultés se présentent…

Bien loin de son enfance soviétique ordinaire

dans un appartement communautaire, ce James Bond plus vrai que nature embarque à présent dans un Zodiac pour chasser la baleine dans l'océan Pacifique ou conduit, en polo et Ray-Ban, son 4×4 sur les routes d'Extrême-Orient ! Les journaux du monde entier reproduisent avec délices les clichés pris par ses photographes officiels : Poutine ceinture noire de judo dans une salle de sport, pêcheur d'amphores au bord de la mer Noire, ami des motards à Saint-Pétersbourg ou torse nu (une tenue décontractée qu'il apprécie particulièrement) à cheval dans les montagnes à la frontière avec la Mongolie, en pleine brasse papillon au milieu d'un fleuve en Sibérie, quand il n'est pas lancé au secours de la baleine grise, peu après avoir pris dans ses bras une tigresse.

La pratique du sport est restée primordiale pour Vladimir Poutine. Les premières heures de la journée du président russe sont soigneusement minutées. Il ne se réveille habituellement pas avant 9 heures du matin. Comme autrefois Staline, Poutine reçoit et travaille jusqu'à 2 ou 3 heures du matin et se couche tard. Dans sa datcha [1], dès qu'il est debout, il se rend à jeun dans la salle de sport, ganté de mitaines en cuir, afin de faire des exercices de musculation. Le chef du Kremlin entretient en effet méticuleusement sa forme. Tous les jours en fin de matinée, il enchaîne d'interminables longueurs dans sa piscine. Il se

1. À Novo-Ogariovo, situé à 30 kilomètres à l'ouest de Moscou.

détend ensuite dans deux Jacuzzi, l'un d'eau chaude, l'autre d'eau froide. Puis assez tard, vers midi, il prend un petit déjeuner : céréales, œufs de caille, le tout accompagné d'un cocktail énergisant très spécial et de légumes fortement assaisonnés d'ail. Ce n'est que vers 13 heures que sa Mercedes blindée l'amène à son bureau, au Kremlin.

La fortune de Poutine

Selon Boris Nemtsov, ancien vice-Premier ministre et figure emblématique de l'opposition, « Poutine ne possède rien en son nom propre, mais tout à travers des hommes de paille »... La liste des biens attribués par la presse[1] au président russe se composerait de vingt palais ou villas, de quinze hélicoptères et d'une flotte d'avions, de quatre yachts d'une valeur de 100 millions de dollars, dont l'un, l'*Olympiade*[2], est doté de cinq ponts. Sans compter sept cents automobiles et une collection de montres de luxe, dont un modèle à 390 000 euros de la firme allemande Lange & Söhne, baptisé « Pour le mérite »[3].

1. Voir *Le Nouvel Observateur* du 6 février 2014.
2. Offert par l'oligarque Roman Abramovitch.
3. Ses porte-parole précisent que les palais ne lui appartiennent pas « à titre personnel », mais servent de résidences officielles, et que les montres de collection sont des « cadeaux offerts au chef de l'État ».

Un divorce à l'amiable

En 2008, le magazine *Moskovski Korrespondent* a révélé que Poutine avait une jeune maîtresse, de trente ans sa cadette, la très accorte gymnaste Alina Kabaeva, aussitôt devenue députée du parti au pouvoir. Le journal a rapidement dû fermer…

À l'automne 2013, la vie personnelle du président russe a changé. « C'est un divorce à l'amiable », a-t-il affirmé à la chaîne Rossia 24 lors d'une interview dans laquelle se sont confiés les époux, après avoir été vus ensemble à la représentation du ballet *Esmeralda* au palais du Kremlin. « C'était une décision commune. Notre mariage est fini. Nous ne nous voyons presque pas », a ajouté Poutine avant que Lioudmila ne confirme ses propos : « J'approuve ce que dit Vladimir, il s'agit réellement d'une décision conjointe. »

L'une des raisons principales du divorce semble être le statut et les occupations du président : « Tout mon travail implique d'être une personne publique dont la vie est absolument connue de tous. Cela plaît à certains, mais pas à d'autres. Certaines personnes sont incompatibles avec ça. Lioudmila a quand même tenu pendant huit… ou neuf ans », a expliqué Vladimir Poutine. Ce à quoi cette dernière a de nouveau acquiescé : « Vladimir est complètement immergé dans son travail. Nos enfants ont grandi, ils vivent leur vie… Les choses sont telles que désormais chacun a sa vie propre, et moi je n'aime pas du tout être un personnage public. »

Les deux époux ont ensuite insisté sur le fait que leur divorce n'influerait en aucune manière sur leurs relations futures : « Nous allons rester à jamais des gens très proches. Je suis reconnaissante à Vladimir de me soutenir », a souligné Mme Poutine. Et son futur ex-mari de renchérir : « Nos enfants ont reçu leur formation en Russie et vivent ici. Nous garderons de bonnes relations... »

Anticiper la politique de Poutine

Voulez-vous anticiper la politique de Vladimir Poutine, connaître les détours de la Russie du XXIe siècle et en posséder les clés ? Oubliez les aléas de sa vie personnelle et tournez-vous plutôt vers les valeurs fondamentales et la symbolique de l'Empire russe, déchiffrez le destin des souverains de la sainte Russie, d'Ivan le Terrible à Nicolas II en passant par Boris Godounov, Pierre le Grand, Catherine II ou Alexandre Ier.

À l'instar de ces grands monarques, Poutine veut ressusciter l'ancienne puissance. Ces références démontent les ressorts secrets du personnage et nous expliquent à quoi, avec lui, les Occidentaux devront s'attendre. Le nouveau maître du Kremlin a surpassé, dans l'art politique, aussi bien Gorbatchev et son ambiguïté qu'Eltsine et son intuition. Il est le seul, dans l'histoire de la Russie, en étant totalement inconnu au départ, à avoir su s'imposer par la télévision et par ses capacités d'utiliser ce que Braudel appelait le « code mental du pays » !

Briser les ennemis

L'affaire Berezovski, nous l'avons vu, a été emblématique de la construction du système Poutine, dans la mesure où elle a instauré la règle suivante : si vous suivez mon jeu, je peux vous laisser des avantages non négligeables, mais dans le cas contraire, vous êtes foutu ! Dans la seconde hypothèse, soit on était comme par hasard liquidé – les assassinats d'hommes d'affaires étaient alors nombreux – soit on était mis à la porte, comme l'a été Berezovski qui, rappelons-le, a finalement été retrouvé « suicidé » dans sa villa londonienne. Cependant, la plupart des hommes d'affaires étaient prêts à « tout comprendre » et à faire tout de suite allégeance au « nouveau tsar » en cédant une partie de leur fortune pour conserver le reste. Contraints de mettre un genou à terre, les oligarques ont perdu en termes d'influence politique et de pouvoir économique, mais ont été préservés. Rares sont ceux, parmi les personnages aujourd'hui installés en Espagne, à avoir tenté, à l'instar de Berezovski, de se dresser contre Poutine.

Un seul a voulu lui tenir tête jusqu'au bout : Mikhaïl Khodorkovski, ancien P-DG de la compagnie pétrolière Ioukos et première fortune de Russie. Il est incarcéré depuis 2004 pour « vol par escroquerie à grande échelle » et « évasion fiscale », accusations que bien évidemment il réfute. L'homme le plus riche de Russie avait fait fortune dans la pétrochimie, laquelle représente peut-être la clé de l'avenir du pays.

Conscient de sa qualité de pétrolier le plus important de Russie, il a essayé d'entrer en politique – ou en tout cas de mener son propre jeu, de façon tout à fait indépendante – en misant sur les tracés des oléoducs non pas vers la Chine, mais vers les États-Unis, et en créant une sorte de lobbying au sein du Parlement russe pour qu'il vote les lois qui lui étaient les plus favorables. Poutine a alors cassé son ascension.

Pour autant, la vie est longue et les aléas de la politique fort imprévus. L'Histoire prouve que la meilleure façon de faire une carrière politique en Russie est de passer par la prison : ce fut le cas autrefois pour un certain Staline…

Que reprochait-on à Khodorkovski ? D'avoir voulu tenir tête au système Poutine – une entité tout à fait homogène, verrouillée, où une trentaine de personnes appartenant soit aux services secrets soit au cercle de Saint-Pétersbourg se partagent l'ensemble des matières premières du pays. Il faut être conscient de cette nouvelle donne : Poutine en a fini avec les tentatives de décentralisation prônées d'abord par Gorbatchev, ensuite par Eltsine. Globalement, il se resitue dans la ligne d'Andropov et de la Chine.

Il a rétabli l'autorité de l'État, arguant que sa destruction avait conduit au chaos, et instauré un système oligarchique avec une fausse opposition parlementaire qui ne compte que d'anciens membres du KGB ou des communistes complaisants à son égard. Le clan pro-occidental, quant à lui, a proprement été éliminé du Parlement.

Le système Poutine

S'il est indéniable que Poutine est revenu à Andropov, lequel demeure son grand modèle, il est aussi revenu à Brejnev. Le système de l'URSS brejnévienne des années 1970 reposait en effet sur une centralisation très forte et apparente du pouvoir, assortie d'une stricte hiérarchisation, ce qui lui donnait une certaine solidité, appuyée sur une puissante coalition. Au sein de la direction et à tous les niveaux de responsabilité, on trouvait des hommes qui n'étaient pas censés penser de la même façon. C'est particulièrement vrai aujourd'hui, puisque, par exemple, le ministère des Finances est longtemps resté aux mains des libéraux – autoritaires, sans doute, mais tout de même libéraux.

De même, alors que Poutine est clairement le patron, Dmitri Medvedev a néanmoins utilisé sa fonction de président, entre 2009 et 2012, pour faire prévaloir des idées s'apparentant plutôt au courant libéral (à l'époque, Poutine est évidemment resté le personnage clé, même si formellement il occupait le poste de Premier ministre).

On peut constater, par ailleurs, que le discours du ministère des Finances ne correspond pas exactement à celui du lobby pétrolier[1]. Il est indiscutable que le premier vice-Premier ministre[2] s'est exprimé durement en comparant l'économie de la Russie à celle des

1. De la société Rosneft.
2. Igor Chouvalov.

Émirats et en dénonçant le fait qu'elle était entièrement engagée sur la rente pétrolière, conformément à une thématique qu'aurait développée l'opposition libérale, pour peu qu'on l'ait laissée exister. Ainsi se perpétue, à l'intérieur de ce pouvoir, bien que de manière plus soumise, le vrai débat d'idées qui a toujours existé en Russie quand il n'a pas été supprimé par la terreur !

Cependant, globalement, Poutine a instauré un système homogène qui n'est pas sans rappeler le système Brejnev, avec les colombes et les faucons pour la galerie, autrement dit les Occidentaux. Sous Poutine, il s'agit d'une sorte de façade où les rôles sont distribués comme ils l'étaient autrefois au sein du bureau politique : on vous nomme colombe et vous jouerez la colombe, mais demain, si l'on vous nomme faucon, vous serez faucon !

Dans le système Poutine, le personnage du « libéral » a donc été attribué à « son collaborateur direct » de l'époque, Medvedev, dont l'aspect et le discours sont assez policés et qui joue merveilleusement son rôle. D'où la prétendue rivalité, à vrai dire purement légendaire, censée opposer les deux hommes. C'est un système de verrouillage politique, de verrouillage clanique, qui n'empêche pas que s'exerce une certaine surenchère dans l'entourage de Poutine quant au partage du gâteau.

Cela étant, quand on étudie de près le processus décisionnel, il est clair qu'il relève exclusivement de Poutine et que tout dérapage contraire à ses intérêts est corrigé sur-le-champ. Il reste l'homme fort du dispositif qui, à cet égard, renoue avec la tradition autoritaire de la Russie ! Le système, qui s'accompagne d'une certaine ouverture économique et internationale, doit rester stable.

Pourtant, l'avenir de la Russie se joue, au niveau international, sur le plan purement stratégique qui, lui, donne lieu à de véritables dissensions. De fait, l'entourage de Poutine appartenant aux services secrets se réclame d'une tradition plutôt slavophile (permettant de jouer sur tous les tableaux et écartant d'emblée tout ralliement à l'Occident) et table sur un rapprochement avec la Chine grâce aux atouts que représentent le gaz et le pétrole.

Nous sommes là à un tournant concernant la stratégie. Poutine était-il indispensable parce qu'il a permis d'éviter le pire ? Les années à venir donneront sans doute la réponse à cette question !

Les perspectives de politique internationale

Il reste à voir les perspectives de politique internationale, qui sont un autre aspect essentiel pour comprendre le mystère Poutine. Cette question peut être dramatisée au maximum. Les civilisations européenne et russe sont toutes les deux menacées face à l'islamisme et à l'émergence de la Chine.

Cette dernière constitue objectivement un danger de fond pour la Russie : alors que l'Extrême-Orient se retrouve de plus en plus sous la coupe de Pékin, la Sibérie, dont la situation est aujourd'hui totalement occultée, est d'ores et déjà pénétrée par l'immigration chinoise : des centaines de millions de Chinois sont massés le long de la frontière, pour seulement moins de sept millions de Russes – une disproportion colossale ! Il serait dommageable, tant pour l'Occident que pour la Russie, qu'ils s'éloignent l'un de l'autre et que certains jouent sur tous les tableaux en tentant de renouer et avec la Chine, et avec les anciens alliés de l'URSS… C'est la théorie de ce que l'on a appelé le « syndicat des mécontents », groupe plus ou moins informel réunissant tous les détracteurs de la mondialisation, dont la Chine, l'Inde, l'Iran, le Venezuela, Cuba et, naturellement, le monde arabe, que l'on monte contre l'Occident.

Il y avait à vrai dire une stratégie opposée, inspirée de celle d'Andropov – le maître à penser de Poutine –, car s'il en fut un pour critiquer le tiers-mondisme et l'esprit d'agressivité internationale, ce fut bien lui. En la matière, sa position était de loin plus conséquente qu'en politique intérieure, où il hésitait à démanteler le système soviétique. En matière de politique internationale, c'était lui qui avait une stratégie européenne et conciliatrice avec les forces qui étaient à ses yeux importantes en Europe !

Aujourd'hui, quand on voit Poutine et son côté baroque, il apparaît évident qu'il suit un programme hérité d'Andropov qui consiste à s'entendre avec la social-démocratie allemande, avec le gaullisme français, et même avec le personnage de Berlusconi qui, au début des années 2000, l'amusait en tant qu'oligarque.

La grande idée qui a émergé de la crise de 2003, lors de la rencontre à l'ONU contre l'invasion de l'Irak, celle du triumvirat, de la troïka européenne consistant à réunir Chirac, Schröder et Poutine, est directement issue de la pensée d'Andropov.

Au début des années 1980, l'objectif d'Andropov était de flatter les pulsions gaullistes en France, la social-démocratie en Allemagne, ce qu'il faisait par le passé en faisant miroiter la réunification, tandis que l'on mise aujourd'hui sur le pétrole. La manœuvre s'est un peu infléchie par la suite, parce que Angela Merkel, pour avoir elle-même été sujette de l'Union soviétique, a fait preuve de plus de méfiance, et parce que Nicolas Sarkozy est parti dans une politique tout feu tout flammes avant de revenir à une position plus traditionnelle face à la Russie.

Il faut reconnaître que Poutine compte parmi les meilleurs pour mener les « grands jeux stratégiques » – les Russes ont quand même su maîtriser le jeu d'échecs comme personne… : l'avenir dira s'il s'en remettra à la stratégie réformatrice d'Andropov, qui visait à accrocher la Russie à l'Europe comme l'avait fait en son temps Gorbatchev, sans toujours bien savoir comment exploiter les événements.

L'enjeu actuel demeure le même : il s'agit de défendre cette idée d'un arrimage européen contre les idées archaïques de rapprochement avec la Chine, dont l'autoritarisme est admiré, et avec les vieux alliés du tiers-monde antiaméricains. Il suffit pour s'en convaincre d'observer la violence des réactions que suscite chez les Russes le « printemps arabe » : avec un peu d'exagération, ils y voient une avancée de l'islamisme et interprètent la défaite de Moubarak comme le signe avant-coureur de l'arrivée de la république islamique au Caucase ! Ce qui est en question, c'est la survie même des deux civilisations face aux dangers communs que sont la Chine et l'islamisme. Pour Poutine, ces dangers sont bien réels. Ils présentent deux aspects à mettre en relief.

D'abord, il existe une véritable affinité entre l'Occident et la Russie concernant l'Afghanistan, non seulement en termes de stratégie, mais pour la simple raison qu'aujourd'hui la Russie est en passe de devenir le premier consommateur d'héroïne, devant l'Europe.

En second lieu, en consultant les sites internet d'Al-Qaïda, on apprend que l'organisation proclame qu'il y aura, demain, une chaîne de califats qui commencera à Boukhara et traversera les régimes aujourd'hui obsolètes, mal gérés et rongés par le chômage, dont l'Asie centrale et le Caucase du Nord. Il ne faut pas sous-évaluer cette perception du danger par les Russes, d'une part, parce qu'ils sont souvent des spécialistes de l'Orient, d'autre part, parce que Poutine est un ancien du KGB, qui applique à l'État la méthode de gestion de ses agents.

Quand il envisage de redorer le blason de la Russie

et de réinstaurer son influence, sachant que les blindés sont obsolètes et l'arme atomique trop coûteuse, il pense naturellement au pétrole et au gaz. Aussi, tout ce qui peut faire grimper le cours du pétrole, dont la pagaille qui règne dans les pays du Maghreb, est pain béni pour la Russie : la révolution arabe, la percée des frères musulmans sont, à côté, des préoccupations secondaires ! L'enjeu pour le futur autour de la guerre du pétrole tient à cette alliance, d'abord avec l'Allemagne, ensuite avec la France et l'ensemble de l'Europe.

Ce souci est poussé jusqu'à prendre la mesure de l'obstacle que représenterait une Pologne traditionnellement antirusse, d'où le rapprochement spectaculaire qui a débuté sous Eltsine et qui va jusqu'à l'ouverture des dossiers concernant l'assassinat des officiers polonais par Staline à Katyn, dont on aurait pensé qu'ils étaient scellés à double tour. C'est donc une politique qui ne manque pas de subtilité, tant il est vrai que les Polonais, seuls Européens hostiles à un tel rapprochement, sont en train de revoir leur copie, même si la crise ukrainienne de 2014 a compliqué ce fléchissement.

L'action conduite par Poutine, parfois ubuesque ou régressive, prétend évoluer vers une politique moderne qui prend le pas sur celles des vieux nostalgiques disposés à faire dans tous les domaines des concessions avec la Chine, à relancer l'Union de Shanghai, tous projets qui volent en éclats devant le dynamisme et la puissance de la Chine.

Reconstituer l'influence

Les hommes, Poutine compris, viennent et passent, tandis que les alliances perdurent et dépassent les enjeux personnels. Pourquoi, par exemple, l'idée de Paris d'une Union méditerranéenne n'est-elle pas passée ? Avant tout parce que les Allemands jugeaient qu'il n'y avait pas de bases matérielles pour un accord avec le Moyen-Orient, alors qu'ils estimaient que c'était le cas avec la Russie. Ils ont joué la carte du gaz et du pétrole contre la technologie occidentale et, pourquoi le cacher, celle des affinités dues aux racines chrétiennes des deux civilisations.

Deux événements doivent être mis en avant. D'une part, la Chine vient d'ouvrir la porte du Kazakhstan avec des accords dans tous les domaines. Les Russes sont absolument abasourdis de voir cette région basculer vers Pékin où elle exporte tout son pétrole. D'autre part, ils observent la remontée des courants islamistes dans tout le monde arabe. Le contexte affaiblit considérablement les partisans de la politique du front des mécontents, au moment même où le gouvernement Obama n'est plus en mesure de poursuivre sa politique de « cordon sanitaire » autour de la Russie, si tant est qu'il le veuille encore, ce qui n'est pas prouvé.

Reste l'autre question : la politique de Poutine a-t-elle abouti à l'installation d'une Union soviétique repensée différemment ? En d'autres termes, l'empire peut-il être rétabli, et sous quelle forme ? À cet égard, il convient de souligner que ses partenaires ne sont plus les mêmes. Complètement tournés vers l'Union européenne, les pays baltes ne reviendront jamais en son sein.

À l'inverse, les pays musulmans d'Asie centrale et d'une partie du Caucase se sont réorientés. Grâce au président Ilham Aliev, homme d'une grande subtilité, l'Azerbaïdjan joue un rôle de bascule entre la Turquie et la Russie, mais ne tombera jamais ni d'un côté ni de l'autre.

Pour ce qui est des grands pays d'Asie centrale, rien n'est joué : par exemple, l'Ouzbékistan, qui est le plus important d'entre eux avec Samarkand, la ville historique, est gravement menacé par un courant islamiste et, défendant des intérêts vers le Sud, entraîne la Turkménie et le Tadjikistan.

En revanche, le Kazakhstan, où l'islam est beaucoup moins fort et qui abrite une communauté russophone très importante, rompra d'autant moins avec la Russie que les Kazakhs craignent que la Chine ne finisse par les manger. Ainsi le Kazakhstan et la Biélorussie deviendront-ils les piliers de l'Union eurasienne que Poutine lancera en 2015.

Il y a là des différences notoires et, en réalité, reconstituer l'Union soviétique, c'est revenir au point où elle en était quand Eltsine l'a abattue, à travers une alliance avec les dirigeants de la Biélorussie, plus le Kazakhstan, la Kirghizie, l'Arménie qui a toujours été un allié traditionnel de la Russie dans la région. Néanmoins, il faut dire que ce n'est déjà plus tout à fait l'Union soviétique.

Pour autant, les Russes ont gagné le cœur des orthodoxes slaves, c'est-à-dire, comme au XIXe siècle, des Serbes et des Bulgares – le Monténégro est une colonie de l'oligarchie russe –, qui demeureront orientés vers la Russie par crainte de nouvelles puissances turques, de l'Islam et par méfiance à l'égard du catholicisme slave des Croates ou autres.

Poutine a donc des cartes à jouer, mais dans un espace qui n'est plus exactement l'espace soviétique. Comment gérer cela ? La résolution de ce problème nécessitera de la subtilité et reposera objectivement d'un côté, sur le gaz et le pétrole et, de l'autre, sur les racines de l'Europe, de l'« Atlantique à l'Oural », qui représentent une base tout à fait viable face à des dangers communs. Cela étant, je reste des plus circonspects face au système Poutine, même si je considère qu'il est au final contre-productif.

Avant sa destitution comme dans les premières années de son arrivée au pouvoir, Gorbatchev a eu la possibilité de s'appuyer sur la classe moyenne des grandes villes russes, profondément proeuropéenne, et de faire évoluer la Russie en ce sens. Il a fait un autre choix qui a consisté à créer un système oligarchique, au prix d'une corruption effrénée, et qui a privé le pays de tout véritable débat d'idées et des libertés fondamentales d'expression. Humainement, politiquement, géopolitiquement, durant toutes ces années le pays a régressé… Pourtant, Poutine tient le même discours sur l'intelligentsia technique : c'est notamment de lui que vient l'idée d'une ville moderne pour l'informatique, Slolkovo, projet qui n'est nullement le fruit de l'oligarchie. Comme le disait La Rochefoucauld : « L'hypocrisie est un hommage que le vice rend à la vertu… » Et ce n'est pas si mauvais signe !

Certes, la politique est une forme de théâtre, mais le système a tellement été verrouillé que la grisaille, le plomb, et la cendre se sont abattus sur la Russie.

La peur est revenue

Avec Poutine, la peur est revenue. La clé de son succès est cette manne pétrolière qui a accompagné son retour au pouvoir. Or son gouvernement a été incapable d'en profiter pour conduire une véritable politique économique et industrielle avec les pays voisins dont dépendait la survie de la nation. Néanmoins, à partir de cette « baraka », on peut construire des alliances dépassant les enjeux personnels. L'avenir du pays passera par la transparence et la concurrence politique avec laquelle les Russes, privés de traditions démocratiques, viennent de renouer. Tout un apprentissage incompatible avec le verrouillage des libertés…

La véritable question est de savoir s'il est profitable d'étouffer un pays. Les Chinois y répondent par l'affirmative. Je pense bien évidemment le contraire.

À ses nouveaux atouts, la Russie peut ajouter celui de sa jeunesse, dont l'esprit est assez différent de la jeunesse européenne. Contrairement aux Français, les Russes, surtout dans les grandes villes, ne sont pas d'un tempérament pessimiste. Quand on leur parle des trente-cinq heures, ils s'esclaffent : pour eux, la réussite et la survie personnelle sont la clé de tout. Ce dont ils rêvent est non pas de s'installer en Europe, mais d'y venir dépenser l'argent qu'ils gagneront. Poutine en est un bon exemple, qui aime beaucoup l'Allemagne comme partenaire, mais qui préfère la France comme lieu de villégiature…

Certes, il faut reconnaître que la période Poutine à partir de l'an 2000 n'a pas été inutile comme phase de transition. De transition ou d'éternité ? Selon les possibilités données par la Constitution, Poutine peut encore se présenter à deux mandats, soit douze ans ! Avec des partis défendant des idées différentes, qui seront bâillonnés ou éliminés.

Cependant beaucoup de Russes, par exemple le cinéaste Pavel Lounguine, Palme d'or du festival de Cannes, considèrent que Poutine est le personnage autoritaire qui aura évité à la Russie de sombrer dans le fascisme russe. Son concurrent en 1999, Evgueni Primakov, même si le personnage lui-même n'avait rien d'un fasciste, était en effet bien plus inquiétant : il prévoyait une reprise en main traditionnelle avec tout ce que cela pouvait comporter en termes de résistance et de violence. Poutine est malgré tout parvenu à gagner les élections, indiscutablement avec le soutien de certaines forces autoritaires, mais aussi grâce à un programme de consolidation des principaux acquis des périodes Gorbatchev et Eltsine, auquel il s'est tenu.

Assurément, son style est contestable. Quand il part avec sa Lada jaune en direction de la Sibérie pour faire la publicité de la maison Lada, accompagné d'une caravane de quarante voitures et de tous ses gardes du corps, en ordonnant que l'on ne filme que son seul véhicule, quand il feint de dompter un tigre dans sa cage alors que des dizaines de dompteurs se tiennent prêts à intervenir et à viser la bête préalablement endormie, quand il survole des incendies en hydravion, il donne une image qui relève d'un folklore que l'on aime ou pas…

Après avoir laissé cette ire s'exprimer, on observe néanmoins qu'en dépit de certaines « reprises en main » et de la persistance de la corruption le système économique n'a pas été changé. L'économie d'entreprise a été rétablie et la situation s'est nettement améliorée, du fait de Poutine, mais au temps de ses prédécesseurs aussi…

Ainsi, si l'on excepte cette année 2007, qui a été marquée par la grande sécheresse, la Russie a repris sa place d'exportatrice nette de produits agricoles et notamment de céréales, alors que, sous Brejnev, chaque année donnait lieu à une véritable comédie pour fixer la quantité de céréales devant être achetée aux États-Unis et ailleurs. De même, quiconque se rend aujourd'hui à Moscou et se met en quête d'aspirine trouve des pharmacies ouvertes et fort bien approvisionnées. C'est une autre vie !

Concernant les libertés, elles ont fait, il est vrai, l'objet d'un tour de vis considérable, en particulier s'agissant des médias audiovisuels, qui sont totalement contrôlés comme le faisait, en son temps, Alain

Peyrefitte avec les titres du journal télévisé. Des périodiques sont publiés de façon non clandestine, qui expriment une certaine opposition ; tous les titres sont aujourd'hui traduits en Russie, car la liberté d'impression des livres est totale, de même que la liberté de déplacement. Actuellement, les Russes, dès qu'ils ont de l'argent, vont pour les plus riches à Courchevel, pour les moins riches à Paris. La liberté de fonder une petite entreprise existe et je préciserai que, dans la banlieue de Moscou, tout un quartier a élu un nouveau maire, d'origine béninoise, marié à une Russe. Tout cela est incroyable pour qui a connu l'Union soviétique des précédentes décennies, et doit être mis au crédit de l'époque Poutine.

Les temps ont donc radicalement changé. L'attitude détendue que l'on observe aujourd'hui et la présence de la jeunesse sont frappantes.

La Russie selon Poutine

Pour autant, il ne faut pas se voiler la face devant l'évolution politique et idéologique de la Russie. Quel rôle a joué exactement l'État entre 2000 et 2012, sous les deux mandats présidentiels et la primature de Vladimir Poutine ? Les règles démocratiques ont-elles été respectées ? La Russie n'a-t-elle pas été marquée par des tendances néo-impériales visant à une reconstitution au moins partielle de l'URSS ? Sa trame a malheureusement été sa police secrète, le KGB. Le système une fois écroulé, le FSB a fini par revêtir les habits du KGB…

L'étendue des crimes du système totalitaire n'a jamais été reconnue, Poutine réhabilitant à la fois le passé tsariste et le passé soviétique en vue de bâtir une continuité historique. S'appuyant sur des conseillers experts en relations publiques, il a habilement exploité les phobies héritées de Staline, notamment le complexe viscéral dit « de la forteresse assiégée », reflétant les craintes des Russes devant les forces hostiles de l'extérieur, en l'occurrence les Tchétchènes, l'OTAN, etc. Ce processus a pris de l'élan sous son règne, avec la restauration de l'hymne soviétique, la glorification du KGB, la réécriture de l'histoire en faveur de sa version stalinienne et le verrouillage de la presse, ainsi que le discrédit de l'Occident, accusé de donner des leçons de démocratie à Moscou pour l'affaiblir.

L'idée de reconstituer l'influence dans l'espace postsoviétique est bien présente, comme une sorte de triomphe posthume d'Andropov ! Elle est en devenir, par le biais de verrouillages intérieurs, mais aussi d'accords économiques et politiques discrets, comme ce fut le cas récemment avec l'Ukraine. Le pétrole et le gaz sont pour l'heure les sources principales de la performance économique. La Russie contrôle 17 % des réserves mondiales de gaz et, dans les années où Poutine a été au pouvoir (en tout cas jusqu'en 2014), on a assisté à une explosion du prix des hydrocarbures. Le verrouillage intérieur fait que cette manne a été mobilisée en priorité pour cantonner les mécanismes de marché et financer la prise de contrôle par l'État des principaux actifs du pays, notamment dans le secteur clé de l'énergie et des matières premières[1].

Dans le domaine des relations internationales, la Russie cherche à retrouver son influence de jadis en brandissant l'arme gazière et en s'associant avec les régimes autoritaires d'Asie centrale. Sur tous les

1. Ainsi, 17,4 milliards de dollars ont été affectés à des prises de participations publiques dans des entreprises déclarées stratégiques et fermées aux investissements étrangers.

fronts extérieurs, le Kremlin est bien décidé à faire oublier l'humiliation de l'effondrement de 1991, puis celle des révolutions démocratiques en Ukraine et en Géorgie, qui ont réduit son influence. La constitution du noyau dur des pays slaves est donc, dans l'esprit de Poutine, une tendance historique qui dépasse largement le communisme. Le grand revers du chef de l'État russe reste la dernière crise ukrainienne. En refusant *ex abrupto* de signer fin novembre 2013, à Vilnius, l'accord d'association qu'Ukrainiens et Européens croyaient acquis, le président ukrainien Viktor Yanoukovitch a provoqué une onde de choc dont nul n'a prévu les conséquences. Un moment de vérité. Pour l'Ukraine, pour l'Union européenne, pour la Russie. La réaction immédiate de la rue, par son ampleur, a changé la donne. Tous les acteurs se sont trouvés pris à contre-pied.

L'Ukraine

En Ukraine, c'est l'irruption d'une crise depuis longtemps latente qui a créé la surprise, comme le souligne avec justesse Philippe de Suremain, qui fut l'ambassadeur de France dans ce pays de 2002 à 2005, en résonance avec la Révolution orange, tout aussi spontanée, dirigée contre le même homme, au nom des mêmes valeurs : indépendance, justice et démocratie. Mais le contexte a changé.

En 2004, c'est une élection truquée qui a soulevé les foules sous la conduite de leaders reconnus [...].

En 2013, c'est le choix de la Russie contre l'Europe, par un chef d'État légitimement élu, qui a indigné l'opinion, obligeant l'opposition et ses dirigeants à surmonter leurs divisions pour faire front.

La détermination des manifestants est à la mesure de leur exaspération devant la corruption du pouvoir, incapable de mener les réformes promises et, de ce fait, discrédité à l'intérieur comme à l'extérieur. Cela au point que nombre d'oligarques, dérangés par l'irrépressible avidité de la « famille » du président, par sa verticale du pouvoir, semblent se démarquer de celui qu'ils croyaient leur rempart : l'actuelle liberté de ton des médias qu'ils contrôlent surprend. Les voilà qui viennent en appui aux réseaux sociaux d'une redoutable efficacité. Les étudiants ont donné l'impulsion, rejoints par les plus âgés, alors que c'était l'inverse en 2004. Le drapeau européen a remplacé la bannière orange, mais dans les deux cas, ce sont bien des revendications politiques et éthiques, et non sociales, qui s'expriment, une mobilisation civique pour un choix de société. Ce qui reste à traduire en un programme qui permette enfin de transformer l'essai. Cette crise est aussi un révélateur des tensions qui traversent notre continent, entre l'Union européenne et la Russie, entre celles-ci et l'Ukraine, à qui il faut faire sa place.

Le Kremlin a fait de l'Ukraine une question existentielle, non seulement par nostalgie du statut perdu de superpuissance et de la grandeur impériale, mais aussi par souci de préserver la nature du régime : la verticale du pouvoir intimide plus qu'elle ne séduit et ne propose pas un modèle très attrayant aux pays en transition. Le président Poutine, qui a perçu la Révolution orange comme un revers majeur et garde en mémoire les manifestations de décembre 2011 à Moscou, redoute l'effet de contagion d'un pays aussi proche de la Russie, gagné par l'osmose européenne. L'échec infligé aux Européens, préparé par une guerre économique préventive, est sans nul doute un succès pour Moscou, mais en tirera-t-elle tout le bénéfice escompté si l'instabilité perturbe le principal de ses voisins ? L'Ukraine n'est pas l'Arménie et l'objectif prioritaire que s'est fixé le président Poutine d'une Union eurasienne qui contrebalancerait l'Union européenne, ressentie comme une menace, n'est pas gagné. La Russie a-t-elle à terme les moyens de ses ambitions ? Les Européens ont été eux aussi désarçonnés par la volte-face de Viktor Yanoukovitch qui a finalement perdu le pouvoir. Le voilà lui-même contraint d'assumer l'échec de sa politique[1].

1. Philippe de Suremain, « L'Ukraine, une crise politique qui révèle les tensions qui traversent le continent européen », *La Revue géopolitique*, 14 décembre 2013.

Sur le dossier ukrainien, Poutine a fait preuve d'un vrai savoir-faire propre à un homme des services secrets. L'affaire ukrainienne s'est nouée en trois étapes. Et chaque fois, soit il a remporté une fausse victoire, soit il a subi une fausse défaite. En trois actes, il a su montrer qu'il savait diriger le cours des événements. Il se conduit surtout en maître du jeu secret. L'homme n'a pas été formé au KGB pour rien.

En quoi a-t-il remporté la première manche de cette confrontation ? D'abord à cause d'une bévue des Occidentaux. Quand ils ont proposé aux Ukrainiens un contrat d'association, les Européens n'ont pas voulu traiter avec Poutine. C'était nier la réalité la plus élémentaire : 30 % de l'industrie ukrainienne appartiennent aux Russes, 60 % des travailleurs produisent directement ou indirectement pour le grand voisin… Autre réalité : 30 % du gaz livré en Allemagne proviennent de Russie.

On s'en souvient, Poutine a dégainé son carnet de chèques en proposant 15 milliards d'euros d'aide à l'Ukraine face aux quelques dizaines de millions des Européens. Des Européens qui n'ont jamais offert à l'Ukraine la transformation de son économie d'État en une économie de marché. Des Européens qui sont divisés lorsqu'ils regardent vers l'est : les Allemands privilégient le dialogue, alors que l'Europe centrale vomit les Russes et souhaite établir un véritable cordon sanitaire. Au milieu de tout cela, la France n'a pas joué le rôle qui devrait être le sien : soutenir une voie intermédiaire, singulière, comme le général de Gaulle l'avait fait en son temps. Poutine a misé alors sur un individu qu'il n'apprécie pas vraiment. Yanoukovitch n'est pas très subtil, il a été deux fois pénalement condamné, mais dans un premier temps, il faisait l'affaire. Cette étape initiale s'est donc soldée, pour le président russe, par une victoire à la Pyrrhus.

Ensuite, le sang a coulé à Kiev. La réprobation a été mondiale. Poutine s'est appuyé sur un faux leader dont il a sous-estimé la faiblesse. Faire tirer sur la foule est un crime et une tragique bêtise politique. Au final, Yanoukovitch a trouvé lamentablement refuge en Russie. Les gens de l'opposition sont arrivés en force et dans une grande incohérence. Mais deux redoutables préalables restaient en suspens : éviter la partition de l'Ukraine et surtout la guerre civile. Les foyers de tension potentiels sont nombreux. Il y a des problèmes religieux dont on ne parle jamais, des disparités d'usage des langues. Or les nouvelles autorités ont pris des décrets dont l'un, par exemple, interdit la langue russe, pourtant indispensable dans le pays.

De cette étape, Poutine a immédiatement vu le bénéfice qu'il pouvait tirer. Dans un premier temps, il n'a cessé de renforcer ses positions, tous les sondages le montrent. À l'intérieur de la Russie, les gens s'attendent à la guerre. Ils suivent leur chef, celui qui dit : « Après les insignes faiblesses de Gorbatchev et d'Eltsine, moi, je ne reculerai pas, je fais face aux complots qui s'organisent contre nous. » Quitte à jouer un remake de la guerre froide.

Au niveau mondial, qui pourrait accompagner le leader russe sur une voie aussi dangereuse ? La Chine examine avec attention les événements. Poutine pourrait trouver en elle un certain soutien. D'autant qu'actuellement les relations entre Pékin et Washington ne sont pas au beau fixe. Encore une fois, en bon espion, Poutine joue sur tous les tableaux, soufflant le chaud et le froid. Néanmoins, la menace de confrontation est ici à prendre au sérieux. L'Europe sait bien que, s'il devait y avoir confrontation, les réfugiés déferleraient en Russie, mais aussi au moins en Pologne. Les Ukrainiens ont déjà fait savoir qu'ils voulaient une suppression des visas. Autant dire que des travailleurs venus de là-bas pourraient arriver dans l'UE, ce qui n'est pas sans poser problème. Toutes ces réalités, Poutine les connaît. Et il en joue.

Pendant la crise ukrainienne, j'étais humilié comme diplomate et comme écrivain. Plusieurs facteurs expliquent cet embrasement : manque de vision européenne, manque de subtilité de Poutine, manque de clairvoyance de l'élite ukrainienne. Il y a eu un amoncellement d'erreurs de premier plan, qui ont mené à ce contexte. On a placé ce pays au bord de la guerre civile. Et un conflit là-bas serait un désastre, voire une possibilité d'évolution vers une guerre mondiale.

Fort heureusement, on s'est réveillé à la dernière minute, on a commencé à se parler. Les forces de bon sens ont agi. Il faut éviter la guerre civile et l'éclatement de l'Ukraine. Ce serait le début de tensions majeures en Europe. Cela pourrait être la Yougoslavie multipliée par dix ! La bêtise des hommes politiques ces derniers mois est comparable à celle qui a précédé la Première Guerre mondiale.

Il y avait à Kiev, sur la place Maïdan, une minorité qui voulait une effusion de sang, mais la majorité était composée de gens très sincères. L'Europe n'a pas été à la hauteur pour leur répondre. L'argent, l'abolition des visas… elle n'a aucunement donné cette perspective et sera contrainte à présent de le faire. Il est cependant de l'intérêt de l'Europe et de la Russie de parler de cette région.

Il faudrait revenir à l'époque de la fin du communisme, où nous avions trouvé alors un équilibre des intérêts. Le paradoxe de la situation est que ces intérêts sont réciproques, avec la traversée des oléoducs vers l'Europe. Tout le monde doit éviter que ce passage ne soit bloqué.

De leur côté, les Ukrainiens doivent apprendre à vivre ensemble. L'Ukraine occidentale honnit les Russes, tandis que la partie orientale travaille avec eux. C'est ensemble qu'il faut trouver des solutions, la clé étant le passage d'une économie dirigiste vers une économie de marché – et vers l'Europe.

Poutine devra affronter cette situation. Mais c'est un manipulateur. Il a envoyé les forces armées russes et a utilisé la crise de l'Ukraine comme exemple *a contrario* ; il demandera aux Russes : « Voulez-vous un système à l'ukrainienne avec un président faible ? » Cette posture passe temporairement en Russie.

L'arme économique n'aura en outre que peu d'effets sur la Russie, où la Crimée est devenue une cause nationale. Poutine est resté insensible à la menace de sanctions, la tension continue de monter et le pays s'expose à d'énormes retombées négatives, tant politiques qu'économiques, s'il ne change pas d'attitude à l'égard de l'Ukraine. Tandis que l'Organisation de coopération et de développement économiques (OCDE) a reporté le processus d'adhésion de la Russie, l'UE pourrait décider de nouvelles sanctions.

Sous le coup d'une enquête du FBI depuis 2006 pour une affaire de corruption, le magnat ukrainien du gaz Dmitro Firtach a été arrêté à Vienne à la demande des autorités américaines. Dévoilée par les Autrichiens, l'information a sonné comme un avertissement déguisé pour Moscou, alors que se multiplient les menaces de sanctions. Américains et Européens envisagent de supprimer l'attribution de visas à un certain nombre de dignitaires russes et de geler leurs avoirs à l'étranger. Se trouvent en ligne de mire les richissimes milliardaires qui gravitent autour du chef du Kremlin.

De fait, iI y a trois cercles autour de Vladimir Poutine. Le premier est celui des hauts fonctionnaires, qui s'apparentent aux oligarques, car ils pouvaient à une époque siéger aussi au conseil d'administration des grands groupes russes. Des liens demeurent, à l'image d'Igor Setchine, l'ancien vice-Premier ministre de la fédération de Russie, qui préside désormais le groupe pétrolier Rosneft. Le deuxième cercle est constitué par des proches de Poutine, membres de la « coopérative Ozero », une structure créée à la fin des années 1990 pour bâtir des datchas dans les environs de Saint-Pétersbourg[1]. Le troisième cercle, enfin, se compose d'oligarques nés des grandes privatisations de 1995, dont Poutine a « hérité » et qui, ainsi que nous l'avons vu, ont fait acte de soumission en s'engageant à ne pas se mêler de politique.

À l'exception d'Igor Setchine, qui passe pour le troisième personnage le plus puissant du pays, l'influence de ces hommes est toutefois limitée : ils doivent essayer de faire baisser la pression, mais la décision politique reste dans les mains de Poutine. Et ce ne sont pas les menaces de sanctions économiques qui influeront sur ses intentions. Répétons-le, il y a une sorte d'union nationale en Russie autour de la Crimée, et les gens sont prêts à en payer le prix. La pression de l'opinion publique est très forte, Vladimir Poutine fait aujourd'hui presque figure de modéré et il aura du mal à faire marche arrière. Tout le monde se trouve donc dans une impasse.

« La Russie imposera des sanctions à titre de réciprocité si les États-Unis et l'Union européenne imposent les leurs à l'encontre de Moscou, mais les sanctions auront aussi un effet sur ceux qui les prennent », a déjà prévenu Poutine en rappelant notamment que les

---

1. Iouri Kovaltchouk (banque, médias, immobilier), Guennadi Timtchenko (négoce pétrolier) et les frères Arkadi et Boris Rotenberg (construction, finances) lui doivent leur fortune.

entreprises russes sont endettées à hauteur de 600 milliards de dollars, dont une bonne partie auprès de banques étrangères, et que les investissements internationaux en Russie sont très importants. Les répercussions de cette crise peuvent être gigantesques, avec une remise en question de tous les acquis postcommunistes, ce qui peut déboucher sur un bouleversement géopolitique majeur. Ce serait le triomphe de l'idiotie diplomatique des deux côtés.

La Crimée

Il l'avait dit, il l'a fait. « La république de Crimée est considérée comme rattachée à la fédération de Russie à compter de la date de signature de l'accord. » Vladimir Poutine a donc signé le 18 mars 2014 un accord sur le rattachement de la Crimée à la Russie avec les dirigeants prorusses de la péninsule, incluant de surcroît dans la Fédération un autre sujet, la ville de Sébastopol qui y jouit d'un statut particulier.

Le président russe a justifié le choix des habitants de Crimée – 97 % s'étaient prononcés pour ce rattachement – par des raisons historiques : « Notre histoire est riche en relations, [...] on ne pouvait pas imaginer que la Crimée et la Russie ne se retrouveraient pas », a-t-il lancé avant de préciser que « les relations avec l'Ukraine rest[ai]ent très importantes ». Évoquant la Crimée d'antan, alors république de l'URSS, jusqu'à sa cession à l'Ukraine en 1954, il a assuré qu'elle « était et rest[ait] » dans le cœur des Russes une « partie intégrante de la Russie ».

Une nouvelle fois, Poutine a livré « sa » vision de la révolte des proeuropéens en Ukraine un mois auparavant, parlant de « coup d'État », de « terreur », et affirmant que des fascistes et des « néonazis » étaient désormais au pouvoir dans ce pays. Il a toutefois tenu à remercier les militaires ukrainiens qui, en n'engageant aucune opération, « ont évité les effusions de sang ». Après quoi il a argumenté sur la question controversée du référendum : « Le Kosovo l'a également fait, c'est un moyen créé par l'Occident, a-t-il martelé. On dit [que] le Kosovo est un cas particulier, mais pourquoi ? » Et de provoquer : « Ils [les Occidentaux] ont dit n'importe quoi, et maintenant ils se cachent ! On essaie de nous isoler, car nous voulons être indépendants, a-t-il encore vilipendé. Sur l'Ukraine, ils sont allés trop loin ! »

À propos de l'escalade des positions occidentales, il a préconisé : « Tout cela doit s'arrêter, il ne faut pas oublier que la Russie, pays puissant, a des intérêts nationaux et doit être respectée. »

Le chef de l'État russe a par ailleurs tenu à adresser un message au peuple des États-Unis, qui « a voté la Déclaration d'indépendance et dit que la liberté est importante », interpellant : « Pourquoi la Crimée n'y aurait-elle pas droit ? » Enfin, il a tenté de rassurer le « peuple ukrainien » : « Nous ne vous voulons pas de mal ni vous humilier, nous avons toujours respecté votre intégrité territoriale. » Et d'ajouter : « N'écoutez pas ceux qui disent qu'après la Crimée nous irons plus loin. [...] La Crimée a toujours été russe, ukrainienne, tatare. »

Pour achever ce tour d'horizon de la Russie selon Vladimir Poutine, il convient de méditer une fois encore sa très célèbre phrase : « Celui qui ne regrette pas l'URSS n'a pas de cœur. Celui qui la regrette n'a pas d'intelligence... » Maxime à la fois lucide et ambiguë, pouvant générer tous les bienfaits comme toutes les dérives. Une chose est certaine en tout cas, et cela quelles que soient les méthodes : s'il veut refonder la Grande Russie dans la droite ligne de l'empire des tsars de jadis et de l'empire soviétique d'hier face aux nouveaux dangers de l'islamisme, de la Chine et des nouveaux pays émergents, Vladimir Poutine ne devra jamais oublier l'Occident, et particulièrement l'Europe.

Les états d'âme russes

Pendant longtemps, surtout au cours des années 1980, l'Occident et plus spécifiquement l'Europe ont été perçus par les Russes comme un modèle, pour ne pas dire une terre promise. Près de vingt-cinq ans après la chute de l'URSS, les deux versants de l'ancien rideau de fer ont beaucoup changé.

D'un côté les Russes, et notamment les jeunes, qui n'ont pas vraiment connu l'URSS, adorent l'Europe en tant que destination touristique. On peut même dire qu'ils aiment à se sentir européens et qu'ils éprouvent un attachement tout particulier pour Paris et pour la France en général. De l'autre, il y a une sorte de joie malsaine à voir l'Europe s'enfoncer. Il ne faut pas oublier que, pour Poutine, l'effondrement de l'empire soviétique est vécu comme une tragédie et que l'élargissement de l'Europe aux frontières russes n'est toujours pas digéré. Il existe chez lui une certaine nostalgie de l'Union soviétique, exempte des mauvais souvenirs. Un vague à l'âme partagé par la majorité de ses compatriotes, sur lequel surfe le chef de l'État.

Quant à l'Europe, il y voit deux éléments. Il y a d'abord eu des erreurs politiques. À vrai dire, Poutine est d'avis que l'Union européenne n'est pas une mauvaise idée en soi, mais que ce projet aurait dû se développer à partir d'un noyau dur, cohérent et solide, qui lui aurait permis d'avancer étape par étape. Il y a ensuite une dimension plus profonde. Les Russes estiment que l'Europe fait fausse route et que les Européens vivent dans le mensonge par rapport à eux-mêmes ! Ils considèrent, et Poutine le premier, que l'Europe a trahi son âme en rompant avec ses racines chrétiennes, qu'ils pensent partager avec elle. Dans leur conception des choses, leurs grands écrivains, leurs artistes, tels Tolstoï, Tchekhov, Tchaïkovski ou Rachmaninov, relèvent d'un phénomène paneuropéen.

Mais Poutine est surtout allergique à l'idée du multiculturalisme. L'actuel chef du Kremlin estime en effet bien connaître la question, car l'Empire russe était multinational. Contrairement à l'Occident, il déclare ne pas confondre islam et islamisme, et se voit comme un rempart face à ce dernier. C'est même l'un des piliers de sa diplomatie aujourd'hui. Il s'imagine – à mon avis, à tort – que les Européens, et notamment les Français, soutiennent un « islamisme modéré », ce qui n'existe pas plus que le « bolchevisme modéré ». Selon Poutine, cette approche est responsable de l'échec du « printemps arabe ».

Tous ont ainsi abandonné la réflexion stratégique au profit de considérations électoralistes et clientélistes, particulièrement en ce qui concerne la politique migratoire. C'est l'analyse du président et d'une partie de la presse russes, qui voient dans le vote massif des Français d'origine musulmane pour Hollande en 2012 la preuve de cette thèse.

Poutine reconnaît dans le sans-frontiérisme et la méfiance à l'égard de la nation la vieille propagande communiste et bolchevique, reprise par les gauches européennes ! Pour son entourage, c'est une longue histoire du politiquement correct qui s'est imposée étape par étape. Historiquement, l'idée de la culpabilité innée du bourgeois, du riche, des nantis exploitants, colonisateurs, profiteurs, a été utilisée comme une arme dans la guerre idéologique contre l'Occident. Petit à petit, l'intelligentsia occidentale a intériorisé ce sentiment qui a fini par façonner sa vision du monde et ses relations avec le tiers-monde et les damnés de la terre. Ainsi la France a-t-elle été intellectuellement dominée par le marxisme, lequel s'est répandu comme une sorte de pensée hégémonique dans le milieu de l'Éducation nationale. Voilà les éléments constitutifs de la « pensée unique » selon Poutine…

Poutine et l'histoire

Poutine est imperméable à toute notion de culpabilité. Pour le chef du Kremlin, en comparaison des horreurs du stalinisme et des années 1910-1950, la colonisation à l'occidentale représente très peu de chose. Il a été choqué par la façon dont on a versé dans l'« historiquement correct » à l'occasion du centenaire de la guerre de 1914 et s'est demandé pourquoi on avait occulté la question du déclenchement des hostilités et les responsabilités des uns et des autres. Ce conflit a engendré le communisme et le fascisme, mais qui en parle ? Si on n'a pas manqué de rappeler le rôle des Américains et de l'Anzac (le corps d'armée australien et néo-zélandais), on a passé sous silence le fait que presque 40 % des morts parmi les Alliés étaient russes : pas un mot à leur égard pendant la commémoration !

Les Russes se souviennent également que, lorsqu'ils ont souffert de la dictature, on les a abreuvés de slogans anti-coloniaux… Ils ne veulent plus de cela. Aujourd'hui, il s'est formé autour de Poutine une sorte de consensus national sur la question de la « non-culpabilité ». Alors quand les intellectuels russes entendent qu'au lieu de s'employer à résoudre leurs problèmes les Occidentaux se préoccupent de la liberté en Afrique, ils sont sceptiques ! Ils ont connu, au temps de l'URSS, des dirigeants qui se souciaient de Cuba, de l'Angola et de la Palestine au lieu de s'intéresser à leur pays ! De cette camelote germano-pratine, ils n'en veulent surtout pas ! Pour les Russes, les débats fumeux autour du « colonialisme » et de l'« impérialisme » rappellent les manipulations et les mensonges d'État de la propagande soviétique ! Et Poutine manie ce sentiment avec brio.

Soyons clair cependant : les Russes vivent, eux aussi, dans le mensonge symbolisé par la personne du président Poutine. Celui-ci a construit quelque chose qui ne ressemble à rien : un mélange de lutte contre le politiquement correct, de défense des chrétiens d'Orient (ce qui prend tout son sens dans le cas de la Syrie, mais moins ailleurs) et de combat au nom de la grandeur de la Russie des tsars et de Staline. Le tout en occultant les six millions de morts ukrainiens pendant la collectivisation et la Grande Terreur des années 1930 ou, plus généralement, les vingt-cinq millions de victimes tombées sous les efforts conjugués de Lénine, de Trotski et de Staline, sans oublier les vingt-cinq autres millions de citoyens de ce pays fauchés par la guerre contre Hitler. Il faut donc être dans la nuance. Même si les Russes proches de Poutine ont raison en insistant sur l'impérative nécessité de s'occuper prioritairement de son propre pays, ils soulignent que, pour construire, si on le souhaite, une Union européenne, il faut partir d'une Europe de la défense et des impôts. Ils n'ont pas tort non plus quand ils rappellent que l'élargissement mal maîtrisé de l'Europe a engendré des problèmes, comme celui, latent, des Roms.

En même temps, je suis convaincu que l'on ne peut pas bâtir quelque chose de solide, notamment une nation russe proeuropéenne, sans tout dire du passé. C'était d'ailleurs l'une des idées profondes de la *perestroïka* : reconstruire dans la vérité.

Pour Poutine, c'est le contraire. On ne peut pas vivre, selon lui, dans une éternelle culpabilité. Et beaucoup de Russes sont d'accord avec lui, qui sont excédés d'entendre parler de goulag, d'épuration et de tortionnaires.

Entre la mystification du passé et la culpabilité sans fin, il est intéressant de regarder ce qui se passe en Asie centrale. Dans cette région, il existe une blessure concrète : la Russie et l'URSS y ont causé des dommages à tous les niveaux. En même temps, les Russes n'ignorent pas que les anciennes républiques soviétiques ont été positivement développées par l'empire soviétique. Un bilan complexe, ni tout blanc ni tout noir.

Dans ces pages, j'ai souvent reproché à Poutine une absence de débats dans la société russe actuelle. Ce à quoi il rétorque : « Vous avez eu vos débats pendant la *perestroïka*, et tout ce que cela a donné, c'est la fin de l'empire. » De fait, il faut trouver un juste milieu, échafauder une véritable réflexion en exposant les faits passés, sans tomber dans l'excès d'une culpabilité permanente. Voilà le grand défi qui nous attend !

La tendance actuelle en Russie est d'assumer la « longue histoire » du pays. La jeunesse russe semble avoir trouvé un juste équilibre. D'une part, elle assume son passé et ses racines et, de l'autre, elle est ouverte à l'Occident et y recherche des rapports enrichissants. Nous pouvons nous prévaloir d'une jeunesse enthousiaste et dynamique, qui est d'ailleurs de plus en plus opposée à Poutine, trop vulgaire et simpliste à ses yeux.

La vraie question est de savoir comment parvenir à une position médiane, fondée sur les intérêts des uns et des autres. Il ne s'agit pas d'une question de valeurs, mais bien de l'intérêt propre de chaque nation, seule base pour une solution stable. Un tel équilibre est possible ; malheureusement, nous en sommes loin aujourd'hui…

Poutine et la géopolitique

L'Union soviétique n'existe plus, tandis que selon Poutine l'idée américaine, formulée à l'époque par Zbigniew Brzeziński, du « cordon sanitaire autour de la Russie » et la volonté de son affaiblissement demeurent. Or le président russe affirme haut et clair : « Pour les Russes, aussi longtemps que l'objectif sera une Russie faible, il sera difficile de trouver un terrain d'entente. » D'ailleurs, le phénomène Poutine représente la réponse à cette attitude. Si l'Occident veut affaiblir la Russie, celle-ci lui oppose : « On ne recule plus. On réagit. On réalise notre doctrine Monroe[1] ; toute intervention européenne dans les affaires du continent sera perçue comme une menace pour la sécurité et la paix ; en contrepartie, les États-Unis n'interviendront jamais dans les affaires européennes. »

« Si on pense à la Russie comme ennemi en puissance, la Russie va se protéger. Si on pense à la Russie comme partenaire et alliée, d'autres horizons s'ouvrent », avertit encore le président russe. Pourtant, la Russie et l'Occident sont dans la même barque face à des adversaires communs, notamment l'islamisme. Autour de la crise syrienne, on nous a affirmé l'existence de bases russes en mer chaude : il s'agissait là d'une véritable imposture.

Mais la principale préoccupation de Poutine est ailleurs. Les Russes sont hantés par la peur de voir se créer un califat « de Boukhara à Poitiers » – pour employer l'expression même des islamistes – et de l'effet de domino que cela pourrait entraîner…

Aux yeux de Vladimir Poutine, nous l'avons évoqué plus haut au sujet de la question migratoire, la politique occidentale actuellement à l'œuvre n'est déterminée que par le court terme, les décisions étant

1. La doctrine américaine du XIXe siècle proclamant la prédominance de l'influence américaine en Amérique du Nord et du Sud, territoires qui, de fait, n'étaient plus ouverts à la colonisation européenne.

prises dans une perspective électoraliste. Obama, qui rencontre les pires difficultés pour faire passer ses réformes, a besoin, en vue de s'imposer, d'accomplir un acte symbolique sur le plan international. Poutine se défie des progrès du concept d'islamisme modéré en Occident. Que ce dernier fonde sa politique sur ce que les Russes considèrent proprement comme un leurre ne peut donc conduire qu'à des catastrophes. On l'a vu en Libye, désormais zone de non-droit, et bien évidemment en Égypte où le pari occidental en faveur des islamistes a finalement entraîné l'intervention de l'armée.

Que Poutine ait verrouillé la politique intérieure de la Russie, qu'il bafoue la démocratie est un fait, pour autant, il existe un consensus national sur sa politique extérieure qui dépasse le personnage lui-même. Nous sommes à présent au-delà du stade où le soutien de Moscou à Damas pouvait se résumer à un marché pour son complexe militaro-industriel et à un farouche attachement aux alliés historiques de l'ex-empire soviétique. Face à la confrontation entre les chiites et les sunnites via l'Iran, l'Irak, la Syrie et le Hezbollah d'une part, et les piliers du monde sunnite que sont l'Arabie Saoudite, le Qatar et la Turquie, les Russes redoutent un effet de domino : d'abord sur Israël, puis sur toute l'Asie centrale.

Selon Poutine, si l'on abolit le régime de Bachar el-Assad, ce sera le triomphe des islamistes, avec les conséquences que l'on imagine pour les chrétiens d'Orient et les minorités. L'ambiance est souvent glaciale lors des rencontres entre François Hollande et Vladimir Poutine. Mais est-ce si surprenant, dès lors que la Russie demeure le principal fournisseur d'armes de Bachar el-Assad et que la grotesque affaire Depardieu (l'acteur avait demandé un passeport russe au début de l'année 2013) a donné l'exacte température psychologique entre les deux chefs d'État ?

La Moscou moderne n'est nullement en attente des bonnes grâces de Paris. Poutine se soucie comme d'une guigne des préoccupations humanitaires des intellectuels français, quant aux accords économiques entre les deux nations, il convient de saisir la nouvelle donne qui prévaut aujourd'hui dans l'esprit du président russe : s'il a eu pour objectif premier, à l'aube des années 2000, de faire en sorte que son pays retrouve sa place sur l'échiquier international en coopérant avec l'Occident, notamment à travers une forme de troc du gaz et du pétrole contre de la technologie, il est clair qu'il s'est depuis considérablement raidi. Son raisonnement est désormais le suivant : nous nous sommes efforcés de prendre en compte les intérêts de l'Ouest dans les années 1980-1990. Comme cela ne nous a valu pratiquement aucune considération et – notamment – que le bouclier antimissile a été maintenu à l'est de l'Europe, nous estimons l'alliance stratégique avec l'Occident comme contre-productive.

En effet, dans le contexte d'affaiblissement de l'Europe, Poutine ne voit pas d'autres partenaires fiables que les Allemands et il se demande s'il n'est pas préférable de construire un autre monde avec les

Chinois. Et ce malgré la disparité démographique entre les deux puissances. Pour y parvenir, il utilisera les anciens alliés de l'Union soviétique ou, à tout le moins, tentera de jouer la carte de certains pays musulmans, de manière à éviter que ces derniers ne conduisent une politique trop radicalement antirusse.

Autant de paramètres pour aboutir à cette sorte de double méprise : une nouvelle politique qui éloignera la Russie de l'Occident, tandis que les Occidentaux qui n'ont jamais considéré la Russie comme une alliée persisteront à sous-estimer le danger que représente la grande rupture historique entre chiites et sunnites qui se profile au sein du monde musulman.

Tel est le postulat, fondé du côté russe sur l'expérience du chef du Kremlin de plus de quinze années d'un pouvoir quasi sans partage, sur sa personnalité, son parcours tel que nous l'avons décrit, autant que sur sa réflexion historique, essentielle pour la suite de son action politique. Même si certains ont voulu croire à la fin des idéologies après la chute du communisme, nous vivons aujourd'hui dans un monde « idéologisé » à l'extrême.

Poutine (comme d'ailleurs les dirigeants de la Chine) estime que les Occidentaux mènent une croisade dont le but est de déstabiliser son régime. C'est le « droit-de-l'hommisme » évoqué par Hubert Védrine : en instrumentalisant les principes universels de la démocratie et des droits de l'homme, les Occidentaux s'en servent comme d'une arme politique et économique. D'où la crispation de Poutine et des Chinois sur le principe de non-intervention, particulièrement, aujourd'hui, à propos des pays arabes. S'il fallait résumer en quelques mots la situation, on peut constater qu'il n'y a pas de guerre froide à proprement parler, mais une guerre idéologique.

Il y a au surplus un profond ressentiment des Russes à l'encontre des pays occidentaux, même de la part de personnes fort éloignées de Poutine et de son clan. La façon dont on a crié haro sur la loi de pénalisation de la propagande de l'homosexualité en Russie, en l'imputant quasi exclusivement à Vladimir Poutine, témoigne d'une profonde méconnaissance de la société russe, qui n'est tout simplement pas prête aux avancées en matière de mœurs telles que nous les vivons actuellement en Europe.

La Russie ne vit pas au même rythme que Paris, et la loi dite « de Poutine » n'est rien d'autre que le reflet de sa société. Si l'on croit en la démocratie et que l'on constate que l'opinion publique russe est à plus de 80 % en faveur du maintien de la pénalisation de l'homosexualité, au nom de quoi les Occidentaux viendraient-ils critiquer un pays souverain ? Dans cette position à l'égard des mœurs, il y a aussi une sorte de retour à la référence tsariste. Les Russes considèrent que l'Occident est en voie de décadence, cédant politiquement sur tout, à commencer par la laïcité et la confusion entre islam et islamisme. Si les Russes ont leurs grands homosexuels emblématiques comme Diaghilev ou Tchaïkovski, le fait même d'être homosexuel est encore ressenti comme l'un des paramètres qui ont conduit dans l'Antiquité à la déchéance du monde occidental face aux barbares.

Il existe en outre un marché de dupes entre l'Occident et Poutine, que j'ai évoqué dans ce livre. Alexandre Yakovlev, l'inventeur du concept de *perestroïka*, m'a dit un jour : « Gorbatchev était un menteur, seul Reagan y croyait, jusqu'au jour où il a cru à ses propres mensonges. »

Durant cette période en effet, selon Poutine, la politique occidentale a été de faire pression sur la Russie et d'établir autour d'elle une sorte de cordon sanitaire. Cela a marché avec Gorbatchev et avec Eltsine, mais plus du tout avec l'actuel chef du Kremlin qui – fort de ses maîtres à penser Deng Xiaoping, fondateur de la Chine moderne, et Iouri Andropov – a tiré les leçons de cette non-reconnaissance de l'Occident. Autant d'éléments qui entrent désormais dans la posture diplomatique de Poutine. Alors qu'on avait prédit leur fin, voici donc le retour des idéologies et de l'histoire !

À l'inverse de Gorbatchev, pour Poutine, c'est Deng Xiaoping qui a eu raison : il faut verrouiller d'abord et faire l'ouverture ensuite, c'est pourquoi une complicité totale avec l'Occident ne saurait être que contre-productive. Il prétend ainsi qu'il importe de « garder quelques armes par-devers soi ».

Vladimir Poutine fait de la politique intérieure en martelant que la Russie est une puissance qui sait dire non, en répétant qu'il n'abandonnera pas ses alliés, à l'inverse de l'URSS de la *perestroïka*, qui s'est effondrée du fait de ses multiples lâchages. Il stigmatise aussi l'Occident, plus à l'écoute de ses philosophes et de ses sondages d'opinion que de ses spécialistes, mais il s'agit d'une posture, car Moscou demeure en étroit contact avec Washington.

Avec Poutine, nous sommes donc souvent en plein double langage. Conscient que l'Occident et la Russie sont dans la même barque, le président russe s'inquiète du maintien des forces américaines en Afghanistan en vue de bloquer tout retour des talibans, qui provoquerait à terme la déstabilisation de l'Asie centrale. S'agissant de la Syrie, il n'a cure de Bachar el-Assad. Le personnage est, en soi, secondaire : l'important est encore et toujours d'endiguer la montée des islamistes. Américains et Israéliens préparent une force de frappe alternative à l'islamisme en Jordanie, et les Russes ne tiquent pas, c'est dire la complexité du jeu !

Antithèse vivante de la *perestroïka*, Poutine se présente comme le sauveur de la Russie et joue le long terme. C'est donc précisément parce que le Kremlin se retrouve l'allié objectif des valeurs de l'Occident qu'il ne saurait y avoir de résurgence de la guerre froide.

L'Allemagne comme « pays moteur »

Poutine a identifié l'Allemagne comme le « pays moteur » de l'Europe – les Russes voient en

Mme Merkel le « Bismarck des temps modernes » – et a fait avancer cette stratégie. Les Russes conçoivent bien qu'il y a deux tendances chez les Allemands : la première est inscrite dans l'Union européenne, la seconde se libère de l'Union pour se débarrasser du handicap « Club Med » et pouvoir se tourner vers l'est. Cette voie est ouverte à d'autres pays. Enfin, si on se remémore nos intérêts convergents, notamment face à l'islamisme, nous avons tous les fondements des relations entre la Russie et les États européens.

Vladimir Poutine n'a-t-il pas intérêt alors à se tourner vers l'Europe ? Il a besoin, en effet, d'une grande alliance allant de l'Atlantique à l'Oural, basée sur le partage d'un certain nombre de valeurs, qui n'existe pas pour l'instant. Mais en dehors de l'Allemagne, seul pays pour lequel il a de la considération et avec qui il est prêt à coopérer, il n'arrive pas à s'entendre avec les autres États européens. Fin 2013, il a fait de l'Ukraine un point de fixation avec l'UE. Il ne s'accorde pas avec la Pologne ni avec les pays baltes.

Cependant, il existe pour Poutine des affinités culturelles, une longue histoire commune entre l'Europe et la Russie. Ce sont les bases solides sur lesquelles il faut construire cette alliance. Ensuite, il y a une interdépendance positive à créer autour de l'énergie et de la technologie. Le grand marché russe, dopé par les pétroroubles, est déjà aujourd'hui aussi irremplaçable pour les Allemands que les ressources allemandes pour les Russes. Cette équation pourrait également s'appliquer à la France.

Enfin, il ne faut pas oublier que la Russie n'a pas vraiment d'alternative, car elle sait que des milliards de Chinois, affamés d'espace et de ressources, convoitent les plaines vides de l'est de la Russie. Jacques Chirac m'a rapporté la question qu'il a un jour posée à Deng Xiaoping, fondateur emblématique de la Chine :

« Comment les Chinois vont-ils faire face à leur problème démographique ?

— Ne vous inquiétez pas, nous avons les territoires du nord… » lui a répondu son interlocuteur.

Autrement dit la Sibérie !

Ce sont des questions primordiales face à ces menaces majeures. La seule chose qui puisse garantir l'intégrité territoriale de ce pays, c'est le déploiement militaire, les armes atomiques, etc. La Russie est prise entre la poussée islamiste dans le Caucase et la menace chinoise dans ses territoires du nord.

Gabriel Matzneff écrivait à ce propos [1] en novembre 2013, s'interrogeant sur l'attitude de l'intelligentsia française qui témoigne une sourcilleuse exigence démocratique à l'endroit de Poutine :

> Personne ne fait aux Américains le reproche d'avoir une politique favorable à l'Amérique. Comme le dit Pierre Fresnay dans *L'assassin habite au 21*, « c'est bien normal ».

1. Sur le site www.pointfr.fr.

[...] Les Russes ont toujours été animés de cette « passion extrême de s'unir avec la France » que Saint-Simon se réjouit d'observer chez Pierre le Grand, et cette passion fut longtemps réciproque, mais, pour des raisons que j'aimerais qu'en 2014 on m'explique, elle ne l'est plus. En 1988, lorsque Gorbatchev décida de mettre fin au régime dictatorial qui depuis soixante-dix ans oppressait le peuple russe, cela aurait dû être en France, et en particulier chez les intellectuels, les artistes, une explosion de joie. Qu'après des décennies de décervelage d'État les Russes pussent enfin redécouvrir leurs racines culturelles, spirituelles, prier librement, s'exprimer librement, voyager librement, que dans les vitrines des librairies ressuscitent les livres interdits – des *Démons* de Dostoïevski au *Requiem* d'Akhmatova, des œuvres de Berdiaeff à celles de Florensky –, aurait dû réjouir tous les Français attachés à la liberté d'expression, et en premier lieu ceux qui se réclament de la gauche.
Bizarrement, il n'en fut rien et, en 2013, il n'en est toujours rien. L'intelligentsia française, qui durant soixante-dix ans a témoigné une incroyable indulgence aux tortionnaires Lénine, Staline, Brejnev, qui, au pire des persécutions, a continué de lécher le cul du pouvoir soviétique et de bouffer ses petits-fours à l'ambassade de la rue de Grenelle, témoigne soudain une sourcilleuse exigence démocratique à l'endroit de Poutine. Oui, c'est en vérité

curieux, car, à comparaison des trois sanglants zozos que je viens de nommer, Poutine est un parangon de démocratie.

Si des professionnels de la politique européenne pouvaient en 2014 me dévoiler les raisons de ce deux poids deux mesures, de cet assujettissement aux États-Unis, de cet incroyable et absurde désamour de la Russie chez nos gouvernants, nos journalistes et nos intellos bon chic bon genre, j'en serais ravi.

L'alliance du trône et de l'autel

Les sondages de popularité de Poutine ne fléchissent pas, toujours 75 % d'avis favorables, et parfois ses admirateurs frôlent le ridicule, comme ce groupe de fervents orthodoxes de la région de la Volga[1], qui voit même en lui la réincarnation de saint Jean !

Plus sérieusement parlant, l'autre analogie entre le président russe et les grands tsars est son christianisme assumé. Si la vision chrétienne de la chose publique est fondée non sur l'affrontement entre une majorité et une opposition, mais sur l'idée de concorde et de cause commune, en bon rhéteur tsariste, Poutine considère que la vie démocratique est devenue en Occident une sorte de délassement : « On y joue à la démocratie pour la galerie. » Mais il est au fond persuadé que l'Europe et l'Amérique sont

1. De Nijni-Novgorod (à 450 kilomètres à l'est de Moscou).

plus oligarchiques encore que son pays : alors que le Kremlin s'efforce de museler ses oligarques, les pays occidentaux sont de plus en plus dépendants du pouvoir de l'argent...

De même, en assumant sa politique en Syrie, il se place encore et toujours dans la rhétorique tsariste de soutien de tous les chrétiens d'Orient qui, à ses yeux, ont été lâchement abandonnés par l'Occident au profit du soutien aveugle des extrémistes islamistes. L'essence du pouvoir ? Poutine affirme : « Oui, je considère qu'il nous faut revenir vers nos valeurs traditionnelles. Quoi qu'on pense de l'idéologie soviétique, il y avait en elle des valeurs quasi religieuses. Seules des valeurs traditionnelles peuvent la remplacer, sinon la société se dégrade. » Le président russe replace la nouvelle identité nationale dans les traces de ce peuple bâtisseur d'empires – tsariste, puis soviétique – qui fut dilué dans l'identité soviétique, mais qui a toujours puisé sa force dans son allégeance à l'État – un concept issu du milieu du XIXe siècle avec un pouvoir central, un mécanisme efficace de succession sur le trône des tsars et la présence d'un dirigeant fort, marqué par l'influence de l'orthodoxie qui est redevenue *de facto* l'idéologie première de la Russie postsoviétique. C'est ainsi que s'est établi un axe de pouvoir entre le Kremlin de Poutine et l'Église orthodoxe russe où, à l'instar de l'époque des premiers Romanov, le patriarche joue un rôle éminent de copilote.

Tout comme Vladimir Poutine, le patriarche Kirill est originaire de Leningrad et vient de la galaxie du

KGB. « Aucun moine ne pouvait devenir évêque sans appartenir au KGB », a diagnostiqué l'ancien député Gleb Yakounine, prêtre défroqué qui eut accès aux archives de l'institution à la chute de l'URSS. Sous le nom de code « Mikhaïlov », Kirill exerça ses activités dès le début des années 1970, avant d'être nommé représentant du patriarcat à Genève. Il aimait la douceur des paysages suisses et les voitures de luxe jusqu'au jour où, roulant à pleine vitesse sur une route de montagne, sa BMW percuta le bas-côté. À son bord se trouvait un colonel du KGB et son fils qui fut victime d'une fracture de la clavicule. Kirill retourna alors assez précipitamment dans sa mère patrie, où il fit une carrière fulgurante. Élevé au rang de métropolite en 1991, élu le 27 janvier 2009 pour succéder au patriarche Alexis II, il a été intronisé patriarche de Moscou et de toute la Russie le 1er février 2009.

Aujourd'hui, Kirill est sans conteste un acteur politique dont le charisme est un atout majeur pour Vladimir Poutine. « N'écoutez pas les provocateurs, restez à la maison et priez… Les droits de l'homme sont un prétexte aux insultes contre les valeurs nationales », a-t-il lancé à la télévision à la veille des manifestations organisées contre les fraudes aux élections législatives, en février 2012.

Enfin, alliance du trône et de l'autel, le seizième patriarche de Moscou et de toute la Russie a prononcé une phrase ô combien symbolique lors d'une rencontre avec Vladimir Poutine : « Votre présidence est un miracle… » Il y a quatre siècles, l'élection du premier tsar de la dynastie des Romanov avait également été présentée par l'Église orthodoxe comme un miracle…

Poutine et l'opposition

Poutine n'a de cesse de casser l'opposition. Il le fait comme l'espion qu'il a été, en ciblant les faiblesses des uns et des autres, et en jouant… Pour le reste, le système est complètement verrouillé avec une justice qui n'a rien d'indépendant. En même temps, toutefois, il fait des gestes. Ce n'est pas une dictature, mais un régime autocratique et oligarchique avec, pour remplir ce dernier rôle, les services secrets et ses amis. Il a beau dénoncer la corruption, son système est éminemment corrompu. Les experts indépendants sont unanimes : plus de 13 milliards d'euros ont été détournés à l'occasion de l'organisation des Jeux de Sotchi. Cela représente près du tiers du budget des Jeux !

Néanmoins, les élections législatives du 4 décembre 2011 ont fait exploser le système, attestant que l'opposition n'avait pas été complètement bâillonnée et qu'elle était capable de manifestations massives. Même si le parti présidé par Vladimir Poutine, Russie unie, est resté vainqueur, ce suffrage a accusé une baisse significative par rapport au scrutin de 2007. Ce qui s'est passé est un fait totalement inattendu. Les fraudes électorales ont été évidentes. Mais le mouvement de contestation repose également sur d'autres facteurs. Les gens ne sont plus dupes. Ils savent que le pouvoir est habité par la corruption. C'est à présent une véritable dynamique de changement démocratique qui s'oppose à la politique de Poutine. Le verrouillage médiatique ne fonctionne plus. Internet, dernier média véritablement libre, que le pouvoir ne peut totalement filtrer, permet une organisation efficace de la contestation. C'est par ce biais, à l'heure actuelle, que se mettent en place les manifestations. « La démocratie contrôlée », que Poutine avait instaurée à son arrivée à la tête du Kremlin en 1999, ne peut plus durer ! Il faudra à l'homme fort du moment en prendre acte.

On compare trop facilement Poutine aux dictateurs Staline, Brejnev et autres. Ce n'est pas justifié. La censure n'existe pas, les gens sont libres de voyager, etc. Le système russe ayant toujours été basé sur un chef, Vladimir Poutine a donc renoué avec l'alliance traditionnelle avec l'église orthodoxe, qui existait avant l'instauration du régime communiste. Cependant, il commet des impairs dans la gestion de son image. Mettre en prison les chanteuses des Pussy Riot pour avoir fait irruption dans une église, c'est une bévue. Un écologiste a de même été récemment condamné à trois ans de prison pour avoir peinturluré le portail de la résidence d'un gouverneur !

Le président russe a sous-estimé la réaction de l'opinion occidentale – ce qui l'a contraint à faire marche arrière – face à sa loi contre la propagande homosexuelle, même si les menaces de boycott occidental des jeux Olympiques de Sotchi l'ont plutôt servi dans l'opinion publique, en touchant l'orgueil national.

La libération de l'ancien oligarque Mikhaïl Khodorkovski à la fin de l'année 2013 rentre-t-elle dans ce même cadre ? Ce geste de Poutine fut purement pragmatique. Il avait le choix : le laisser accomplir la totalité de sa peine (neuf ans et demi), et il en faisait une sorte de Nelson Mandela, ou l'amnistier à quatre mois de son terme en donnant l'impression à l'opinion publique russe que Khodorkovski reconnaissait sa culpabilité. Poutine a alors pris tout le monde de vitesse. Douze heures après que le chef du Kremlin eut annoncé, à la stupéfaction générale, qu'il gracierait Mikhaïl Khodorkovski, le plus célèbre prisonnier de Russie est sorti de sa cellule[1]. À l'époque, la nouvelle a surpris tout le monde, à la fois ses avocats, qui étaient dans l'ignorance des intentions et du sort de leur client, mais également les télévisions d'État, qui ont consacré à l'événement un écho minimal. Gardée secrète, sa destination a finalement été révélée par l'administration pénitentiaire : l'Allemagne. L'avion de Khodorkovski a atterri à Berlin où l'homme a été accueilli par l'ancien ministre allemand des Affaires étrangères, Hans-Dietrich Genscher, et pour cause : l'Allemagne avait œuvré « en coulisse » pour permettre cette libération.

Hans-Dietrich Genscher s'était en effet occupé du

1. De Segheja, en Carélie, dans le Grand Nord russe.

dossier en secret de façon intensive. Il s'était grandement impliqué pour travailler avec succès à des solutions, avec le soutien de la chancelière et du ministère des Affaires étrangères, affirmant avoir agi de la sorte « pour des raisons humanitaires ». Selon lui, Mikhaïl Khodorkovski, à son arrivée sur le sol allemand, était « épuisé, mais très heureux d'être enfin en liberté ».

Peut-on croire au retour en politique de ce dernier ? Il n'est pas sûr qu'il soit dans ces dispositions et, pour les Russes, nous l'avons vu, il demeure associé à la période peu appréciée des années 1990 d'Eltsine et de ses oligarques.

Maintenant, en Russie, comme l'histoire le démontre, la carrière politique transite obligatoirement par la case « exil » ou la case « goulag ». Tous les grands leaders bolcheviques sont passés par là !

Les jeux Olympiques d'hiver de Sotchi, en février 2014, ont été pour Vladimir Poutine un enjeu assez symbolique. Il a construit tout son programme médiatique autour de cet événement qui s'est inscrit dans une série[1]. Il y a une certaine cohérence dans cette construction un peu artificielle, basée sur l'histoire linéaire de la Russie et sur sa grandeur. C'est la Russie éternelle, celle des tsars, de Staline, et aujourd'hui de Poutine. Le message qu'il a réussi à imposer, c'est le

1. Commencée avec le sommet du G20 à Saint-Pétersbourg des 5 et 6 septembre 2013, elle doit s'achever par la Coupe du monde de football en 2018.

retour de la grande puissance sur la scène internationale.

De par sa situation géographique, Sotchi est aussi le symbole de cette posture qui consiste à garder le Caucase du Nord joint à la Russie et à préserver l'intégrité territoriale du pays. Début 2014, il y avait eu, en effet, une fixation des milieux islamistes sur la ville et – selon leur formule – ses « Jeux du diable ». Le message de Poutine, c'est qu'il n'est pas question de lâcher le Caucase et que la Russie est le seul vrai bouclier face à l'islamisme. C'est une position qui passe parfaitement auprès de son opinion publique. Là encore, Sotchi devient un autre symbole.

L'opposition est pour l'instant cassée, parce qu'il n'y a pas de problèmes économiques majeurs. Malgré la corruption évidente, malgré les réticences de la jeunesse et de la frange la plus instruite de la population, il a 60 % des gens derrière lui.

Le retour de la grandeur éternelle, les Russes adorent. Mais cela peut changer. L'échafaudage est basé sur le personnage de Poutine. Si ce dernier disparaît, tout s'écroule. Cependant, la Russie est habituée à ces « chaos créateurs », pour reprendre l'expression de Mikhaïl Gorbatchev.

L'autre faille depuis deux ans, c'est l'économie russe, qui ne marche pas très bien, car la croissance s'effrite. Poutine n'a pas su utiliser la manne pétrolière pour réinventer la politique industrielle du pays. Et aujourd'hui, tout peut basculer. Ce qui a tué le communisme et l'Union soviétique, c'est la chute des prix du pétrole ! Plus que le bluff de la « guerre des étoiles » de Ronald Reagan, c'est Bush père qui a réussi un coup formidable en s'entendant avec l'Arabie Saoudite pour faire baisser les cours de l'or noir. Eltsine a connu les mêmes soucis. En dessous de 100 dollars le baril de pétrole, la Russie ne peut pas boucler son budget. Et il va notamment falloir payer le coût de Sotchi, les JO d'hiver les plus chers de l'histoire.

Comment Poutine s'inscrit-il parmi les dirigeants de la Russie ?

Vladimir Poutine se prend pour le continuateur de la grandeur russe, celle des grands tsars de Saint-Pétersbourg et celle de l'URSS forgée dans la lutte contre les nazis. Cependant, mentionnons-le de nouveau, il est surtout l'héritier de deux personnages : Iouri Andropov, l'ancien secrétaire général du comité central du PCUS, qui fut son patron au KGB, est important historiquement pour la Russie ; l'autre, Deng Xiaoping, le numéro un chinois, est important pour le monde. Tous deux avaient la même ligne de conduite : on procède à l'ouverture économique d'abord et on ouvre la voie politique dans un second temps. Tout l'inverse de ce qu'ont fait Mikhaïl Gorbatchev et Boris Eltsine ! Poutine, c'est l'antithèse des deux. Les Russes détestent cette période, et il en joue pour discréditer la démocratie occidentale et promouvoir sa notion de grandeur et de stabilité de la Russie. Mon ami Mikhaïl

Rudy, grand pianiste et dissident artistique, a écrit dans *Le Monde*[1] :

> C'est un drôle de pays que la Russie d'aujourd'hui ! Les extrêmes les plus incompatibles cohabitent parfaitement ou presque. Tout ce qui sert à glorifier le pays est bon à prendre. Dans cette nouvelle idéologie syncrétique, on sanctifie le tsar Nicolas II tout en gardant Lénine dans son mausolée, on place dans les sondages le célèbre prince du XIIIe siècle Alexandre Nevski au même niveau que Staline, l'un des plus grands criminels de l'histoire. Comme dans l'hindouisme, où le dieu de la Bonté Vishnou côtoie le terrible dieu du Mal Shiva.
>
> En haut de la pyramide trône le président Poutine, dont ces Jeux (sauf éventuels actes de terrorisme) constituent l'apothéose. Vrai disciple de Marx, mais également de Sun Zi et de Machiavel, il applique les principes du matérialisme dialectique à la perfection : il est tout et son contraire. Cadre du FSB (ex-KGB) et fier de l'être, mais fervent croyant et attaché au passé orthodoxe de la Russie ; fan d'Elton John, mais promulgateur des lois antihomosexuels.
>
> D'ailleurs, d'après les sondages, 80 % des Russes sont d'accord avec lui sur ce point, dans ce pays très puritain ! Tout est contrôlé,

1. Le 11 février 2014.

> rien n'est laissé au hasard. Vladimir Poutine relègue ses principaux opposants politiques au rôle de seconds couteaux : le communiste Ziouganov, le populiste Jirinovski, le national-bolchevik Limonov, ou encore le pro-occidental Kasparov. On peut trouver leurs idées disséminées dans son discours. Poutine les englobe tous dans un numéro d'équilibrisme stupéfiant…

Comme pour se jouer de Fukuyama, pour qui l'histoire doit un jour parvenir à son terme, Poutine, lui, célèbre l'éternel retour de l'histoire !

Annexes

Quelques repères

L'éclipse du système stalinien est le résultat de deux processus qui se sont déroulés devant nos yeux dans l'espace soviétique : d'une part l'écroulement du régime totalitaire qui a duré soixante-dix ans, d'autre part la chute d'un empire vieux de plus de trois cents ans. Ces deux processus parallèles sont pourtant loin d'être identiques.

La fin de l'Union soviétique, en décembre 1991, sonna le glas de l'Empire russe qui avait déjà menacé de s'effondrer avec la chute du tsar, en mars 1917, en raison de la poussée nationaliste de ses colonies. Ce processus de décolonisation s'accéléra avec l'arrivée au pouvoir des bolcheviques, en octobre 1917. Ainsi, la Pologne devint indépendante, tandis que la guerre civile, menée de l'été 1918 à la fin de 1921, semblait sonner l'hallali de l'Empire. Mais ce n'était qu'un trompe-l'œil. En effet, les conditions de sa consolidation furent créées dès 1922.

Prônant le droit des peuples à l'autodétermination jusqu'à l'indépendance, le leader bolchevique Lénine n'en précisa pas moins que les membres du Parti communiste devaient s'opposer aux tendances nationalistes, au profit d'un État fort. Lénine n'était pas un adversaire de l'Empire russe, mais plutôt un ennemi résolu de l'Empire tsariste. Pour atteindre ses objectifs, le chef de la révolution bolchevique avait besoin d'un pouvoir puissant, par conséquent d'un État centralisé. Une fois installé au Kremlin en 1924, Staline instaurera un pouvoir vertical.

Au cœur de cette construction se trouvait d'abord le parti communiste, puis les services secrets dépendant directement du chef du parti, qui par ailleurs contrôle également l'armée, les transports, le système monétaire, etc. Cet édifice permit ainsi de reconstituer l'Empire.

En 1922, l'État soviétique prit le nom d'Union des républiques socialistes soviétiques ou URSS. Ses frontières étaient réduites par rapport à celles de l'Empire russe de 1913 : la Pologne, la Finlande et la Bessarabie n'en faisaient plus partie. Après la mort de Lénine en 1924, Staline, triomphant de ses adversaires politiques, s'imposa comme l'homme fort de l'URSS : une nouvelle étape de la reconstruction de l'Empire commença.

La clé de voûte de sa politique repose sur la construction du socialisme dans son seul pays. Sa méthode, héritée de Lénine et de Trotski, demeure la terreur politique. Entre 1924 et 1941, Staline tenta de faire émerger une grande puissance industrielle capable d'assurer le rayonnement des idées communistes dans le monde. Devenu « le petit père des peuples », Staline essaya ainsi de concilier nationalisme russe et marxisme. Il construisit une URSS puissante pour assurer la propagation de son influence à travers le monde. La notion, de « national communisme », qui était alors une caractéristique majeure de son approche, permit de faire une distinction entre le fonctionnement de l'Empire russe et celui de l'Empire soviétique. En effet, l'URSS devint le bastion du mouvement communiste mondial, alors que la Russie impériale d'avant 1917 ne prétendait pas à ce rôle messianique. La victoire sur Hitler en 1945 permit à Staline de restaurer les frontières de l'Empire russe mais aussi de les élargir. Désormais, l'Empire soviétique était entouré par les pays satellites réunis dans un bloc des pays socialistes. À la fin de la Seconde Guerre mondiale, la conférence de Yalta (1945) symbolisait le partage du monde en zones d'influence. Mais à partir des années soixante-dix, la croissance de l'Union soviétique déclina, l'inflation grimpa et la pénurie en biens d'équipement et de consommation s'installa dans tout le pays. Un rapport secret avertit que l'URSS risquait de ne plus être, en l'an 2000, qu'une puissance de second ordre, voire de rejoindre le tiers-monde.

En 1985 l'arrivée de Gorbatchev au pouvoir changea la donne. L'objectif de Gorbatchev était d'enrayer ce déclin en amorçant une dynamique de relance économique. La *perestroïka* mit en place une politique de réforme des structures visant à atteindre un triple objectif : réduire les dépenses militaires grâce à une politique de détente internationale ; accroître la production par une mobilisation des ressources matérielles et technologiques ; revivifier la société en lui donnant un langage de transparence (la Glasnost). Mais la *perestroïka* essuya un véritable échec dans la gestion des crises interethniques : dès le 17 décembre 1986, des émeutes éclatèrent à la capitale du Kazakhstan. La cohésion de l'Empire stalinien était assurée par la terreur politique. Or, en y mettant un terme, Gorbatchev le dit lui-même « c'est parti de tous les côtés ».

À partir de 1987, les républiques baltes se placèrent à leur tour en tête de la lutte anticoloniale ; en 1989, à l'occasion du 50e anniversaire du pacte germano-soviétique, la population manifesta pour dénoncer les crimes de Staline. Quelques semaines plus tard des revendications analogues furent exprimées par les Ukrainiens de la région de Lvov.

L'héritage de Staline fut donc placé au centre du débat par une opinion publique réveillée par la *perestroïka*. Staline, qui avait une idée stricte du droit des peuples, traça les frontières intérieures de l'URSS à sa convenance, selon le principe « un peuple, une république ». Or plus d'une centaine de peuples cohabitaient en URSS au sein de quinze républiques, créant une véritable mosaïque de nationalités. Le Caucase en donne des exemples extrêmes. Les Arméniens du Haut-Karabakh, séparés du reste de la population arménienne avaient, par exemple, une région autonome, placée sous l'autorité de la République d'Azerbaïdjan. La haine réciproque des Arméniens et des Azéris était toujours vivace, mais sous Staline elle ne se manifesta pas. Cependant, la nouvelle liberté acquise sous la *perestroïka* permet d'exprimer tout ou presque. Une agitation croissante s'empara de la population arménienne qui voulait libérer le Haut-Karabakh de la tutelle de l'Azerbaïdjan. La tension entre les deux communautés battait son plein. De véritables pogroms furent organisés contre la population arménienne installée dans une banlieue de la capitale de l'Azerbaïdjan. Le KGB n'était d'ailleurs pas étranger à ces actions. En effet, les problèmes nationaux furent utilisés par les adversaires de la *perestroïka* pour discréditer les réformateurs. La même année, les dirigeants du Kremlin se rendirent à l'évidence : les problèmes nationaux ont été « dramatiquement sous-estimés », comme le soulignait Gorbatchev.

En même temps, l'escalade des crises est attribuée aux erreurs du passé. Gorbatchev restait persuadé qu'il pouvait encore sauver la situation. Prêt à soutenir les intérêts nationaux, mais pas les nationalismes exacerbés, il rêvait de sauvegarder l'unité de l'Empire en le transformant progressivement. Gorbatchev prônait le compromis ; d'une part, en respectant les traditions et les langues des républiques par sollicitude envers les nations ; d'autre part, en essayant de sauvegarder l'essentiel du pouvoir décisionnel. Cependant les nationalistes, Baltes et Caucasiens en première ligne, faisaient monter les enchères. Comprenant qu'il était en train de perdre le contrôle de la situation, Gorbatchev tenta d'employer la manière forte. Tout d'abord le 7 janvier 1991, des parachutistes intervinrent dans les pays baltes. Théoriquement, ils devaient empêcher les appelés insoumis de fuir la conscription. Mais, dans la nuit du 12 au 13, un groupe, composé essentiellement d'agents du KGB, attaqua les locaux de la télévision de Vilnius, en faisant 14 victimes. Simultanément, les conservateurs du parti communiste local formèrent un « comité de salut national ». En réalité, il s'agissait d'une ultime tentative pour arrêter le processus de l'écroulement de l'Empire soviétique, d'une répétition grandeur nature des plans appliqués à l'échelle de l'Union. Mais ces actions furent vouées à l'échec. Les dirigeants des trois républiques baltes se barricadèrent dans leur Parlement respectif, sous la protection de la foule prête à résister à l'assaut des troupes. Les chancelleries occidentales protestèrent. La rupture était désormais consommée entre le chef du Kremlin et les réformateurs russes, ceux-ci considérant dès lors Gorbatchev comme l'otage du KGB. Devenu chef de l'opposition démocratique, Boris Eltsine ne mâcha pas ses mots. Le 19 février 1991, en direct à la télévision, il accusa Gorbatchev d'avoir « trompé le peuple et conduit le pays à la dictature » et demanda sa démission immédiate. Le 10 mars, il poursuivit son réquisitoire dans la rue, lors d'une manifestation qui mobilisa 300 000 personnes scandant des slogans hostiles à Gorbatchev. Eltsine fut ovationné par la foule après avoir affirmé qu'il fallait « déclarer la guerre à la direction soviétique». Dans ce contexte, Gorbatchev fit marche arrière et prétendit ne pas avoir été informé sur les préparatifs de ces coups de force, sans sanctionner pour autant les responsables. Les États baltes persistèrent dans leur démarche et organisèrent des «sondages d'opinion» sur l'indépendance, suivis par la Géorgie qui, à son tour, proclama son indépendance. Gorbatchev essaya alors de sauver au moins une partie de l'Empire, sans toutefois se faire d'illusions à propos de l'évolution dans les pays baltes. Il espérait cependant le rétablissement du pouvoir sur le reste de l'Empire soviétique en s'appuyant sur les résultats du référendum du 17 mars 1991, organisé par son gouvernement sur le maintien de «l'union innovée» dans neuf républiques de l'URSS sur quinze qui avaient participé au vote, et où 75 % des électeurs étaient favorables à cette union.

Fin avril 1991, Gorbatchev réunit dans sa datcha les dirigeants des républiques concernées et proposa une déclaration commune. Selon ses termes, les participants s'engagèrent «à faire régner l'ordre constitutionnel et enrayer la menace de catastrophe économique». Tout en continuant d'adopter une attitude équivoque, il évitait de préciser si la future union serait une fédération ou une confédération. Moscou conserva certains pouvoirs et les républiques se virent attribuer de vastes domaines de compétence, notamment en matière économique. L'homme de la *perestroïka* comptait sur la signature définitive de cet accord le 20 août 1991. Mais le 19 août 1991, un putsch était organisé par une junte qui rassemblait les principaux responsables des institutions considérées comme les piliers du système soviétique : la Défense, l'Intérieur, le KGB, avec le soutien du courant conservateur de la direction du Parti communiste. Tandis que Gorbatchev était assigné à résidence sur les lieux de sa villégiature, à Foros en Crimée, les chars entrèrent dans Moscou. Au bout de soixante heures, le coup d'État prenait fin. Son échec est à mettre au crédit de la *perestroïka* qui, suffisamment implantée, rendit impossible le retour du totalitarisme, mais aussi à la détermination de Boris Eltsine. En grimpant sur un char pour appeler à la résistance, il donna de lui une image de défenseur des libertés, qui sera retransmise dans le monde entier par CNN. Cette victoire est aussi due à la faiblesse du camp adverse. Les putschistes qui, durant quelques jours, disposèrent de tous les pouvoirs et de toutes les forces armées, n'ont même pas appréhendé Boris Eltsine, dont la résidence située près de Moscou était connue de tout le monde. Ce dernier a défendu son camp retranché, protégé seulement par une demi-douzaine de chars et une petite foule totalement désarmée. Cette débandade de la junte a précipité la désintégration de l'URSS qu'elle tentait d'entraver. Le 21 août, Gorbatchev était libéré par les représentants d'Eltsine et les instigateurs du coup d'État arrêtés.

L'échec du putsch changeait désormais la donne. Le lendemain, toutes les républiques de l'Union soviétique proclamèrent leur indépendance. L'Empire soviétique s'effondra comme un château de cartes, plus facilement encore que l'Empire russe en 1917, car son chef a essayé de remédier à quelques défauts secondaires du système totalitaire sans le détruire.

En tout état de cause, le putsch fait figure de moment fatidique car il a fait imploser en quelques heures les structures centrales du système maintenues depuis soixante-dix ans. L'agonie de l'URSS s'est prolongée durant quatre mois, au cours desquels Mikhaïl Gorbatchev n'a exercé son pouvoir que sur une coquille vide. Il démissionna alors de son poste de président de l'Union soviétique le 25 décembre 1991, dix-sept jours après que les dirigeants russes, ukrainiens et biélorusses eurent proclamé que « l'URSS avait cessé d'exister » (déclaration de Minsk du 8 décembre). Eltsine devient le maître absolu du Kremlin.

Il s'agissait d'un cas de figure sans précédent dans l'histoire mondiale, à savoir qu'une nation impériale (en l'occurrence la Russie) sorte de l'Empire avec la complicité de deux républiques slaves – l'Ukraine et la Biélorussie.

Une nouvelle époque commença. Celle de Boris Eltsine. Elle durera huit ans.

Sous Eltsine, les frontières de la Russie, à l'exception de la Sibérie conquise plus tardivement, rappellent celles de l'État moscovite du XVIe siècle. Mais, dans le même temps, le système de communication, le réseau de gazoducs et d'oléoducs, ainsi que les liens économiques ont été préservés. L'héritage de Staline restait bien en place, même si ses structures politiques avaient disparu.

À l'orée du XXIe siècle, la Russie se cherche.

Pour éviter la catastrophe nationale, Poutine, élu président en mars 2000, préconisa un seul antidote : la renaissance des structures étatiques, détruites par le chaos postcommuniste. Le président russe a fait diviser le pays en sept superrégions, essayant ainsi de renforcer l'État. Il considère aussi les anciennes républiques de l'URSS comme « une zone d'intérêts vitaux » pour Moscou.

Pour imposer ses projets, Poutine a consciemment brandi la menace de l'éclatement de la Russie, la présentant comme un ensemble d'îles dirigées par la mafia locale et les oligarques. Son approche reste cependant marquée par son passé d'officier du KGB : verrouillant la presse, il définit des objectifs et, pour les atteindre, tous les moyens sont bons. Ainsi la Russie a-t-elle commencé à vivre dans une sorte de « démocratie contrôlée ».

Quel rôle joua l'État en Russie ? Les règles démocratiques y furent-elles respectées ? La Russie a-t-elle été marquée par les tendances néo-impériales visant une reconstitution du moins partielle de l'URSS ? Telles furent les questions auxquelles le président Poutine apporta ses réponses durant ses deux mandats de 2000 à 2008.

La période de Poutine fut marquée par le retour à l'héritage de l'URSS. Sa trame était, comme dans tout pays totalitaire, sa police secrète, le KGB. Le système une fois écroulé, cette dernière a subsisté. Le FSB (les services secrets russes) a fini par revêtir les habits du KGB.

Vladimir Poutine déclara : « L'effondrement de l'Union soviétique fut la plus grande catastrophe géopolitique du XXe siècle. Pour le peuple russe, cela fut un véritable drame. Des dizaines de millions de nos concitoyens et compatriotes se retrouvèrent en dehors des frontières russes. De plus, l'épidémie de désagrégation se propagea également à l'intérieur même de la Russie. »

Selon Poutine, la nouvelle identité nationale russe est celle d'un peuple bâtisseur d'empires – russe, puis soviétique –, diluée en quelque sorte dans l'identité soviétique, et qui semble puiser sa source principale dans l'allégeance à l'État. L'essence de cette idée prit ses racines depuis le milieu du XIXe siècle, une forme d'organisation étatique caractérisée par un pouvoir central puissant, un mécanisme efficace de succession et la présence d'un dirigeant fort marqué par l'influence de l'orthodoxie devenue *de facto* idéologie étatique de la Russie postsoviétique.

L'étendue des crimes du système totalitaire ne fut jamais reconnue ; Poutine a donc réhabilité à la fois le passé tsariste et le passé soviétique, pour bâtir une continuité historique.

Ainsi, s'appuyant sur ses conseillers experts en relations publique, usa-t-il, parallèlement à sa chasse aux oligarques, des phobies héritées de Staline, notamment du complexe viscéral de la population, dit « du château ou de la forteresse assiégé », reflétant les craintes des Russes devant les forces hostiles de l'extérieur, en l'occurrence les Tchétchènes, l'Otan, etc. Ce processus prit de l'élan sous Vladimir Poutine, avec la restauration de l'hymne soviétique, la glorification du KGB, la réécriture de l'histoire en faveur de sa version stalinienne et le verrouillage de la presse, ainsi que l'Occident accusé de donner des leçons de démocratie à Moscou dans le but inavoué de l'affaiblir.

Le pétrole et le gaz sont les sources principales de la performance économique de l'époque de Poutine. (La Russie contrôle 17 % des réserves mondiales de gaz.)

Dans le domaine des relations internationales, la Russie cherchait à retrouver son influence d'antan en brandissant l'arme gazière et en s'associant avec les régimes autoritaires d'Asie Centrale. Sur tous les fronts extérieurs, le Kremlin est bien décidé à faire oublier l'humiliation de l'effondrement de 1991 puis celle, plus récente, des révolutions démocratiques en Ukraine et en Géorgie qui ont réduit son influence.

Les grands acteurs

ANDROPOV, Iouri (Nagoutskaïa, territoire de Stavropol 1914 – Moscou 1984)
Diplômé de l'Institut de transport de l'eau, il a occupé, avant la Seconde Guerre mondiale, plusieurs postes de direction au Komsomol (Organisation soviétique de la jeunesse communiste). Ambassadeur extraordinaire et plénipotentiaire de l'URSS en Hongrie (1953-1957) ; président du KGB et général de l'armée (1967-1982) ; secrétaire général du comité central du PCUS et président du praesidium du Soviet suprême de l'URSS (1982-1984).

BEREZOVSKI, Boris (Moscou 1946 – Ascot 2013)
Diplômé de l'Institut d'électronique et d'informatique de Moscou. Chercheur de l'Institut des sciences de contrôle de l'URSS, membre correspondant de l'Académie des sciences de Russie (1969-1987). Il est directement lié à un certain nombre de puissantes structures commerciales et bancaires, dont le holding LogoVAZ, AVVA,

AvtoVAZ, United Bank... Vice-président de la télévision publique russe (ORT). En 1997-1999, il est devenu secrétaire adjoint du Conseil de sécurité russe et secrétaire exécutif de la CEI.

BORODINE, Pavel (Chakhounia, région de Gorki 1946)
Il est diplômé de l'Institut géologique de Moscou. Président du comité exécutif de Yakoutsk (1990-1993) ; directeur général de l'administration présidentielle (1993-2000) ; secrétaire d'État de l'Union de la Russie-Biélorussie (2000).

BREJNEV, Leonid (Dnieprodzerjinsk 1906 – Moscou 1982)
Il a occupé plusieurs postes de haut niveau dans les organes du parti. Chef adjoint de l'administration politique du front sud, chef du département politique de la 18e armée, chef de l'administration politique de la 4e sur le front ukrainien (1941-1945) ; lieutenant général (1953) ; maréchal de l'Union soviétique (1977). À partir d'octobre 1964, il est nommé secrétaire général du PCUS. En 1977, il devient également président du praesidium du Soviet suprême d'URSS.

ELTSINE, Boris (Butka, région de Sverdlovsk 1931 – Moscou 2007)
Diplômé de la faculté de génie civil de l'Institut polytechnique de Sverdlovsk, il a occupé des postes importants dans l'appareil du parti régional. Pre-

mier secrétaire du comité du parti de la ville de Moscou (1985-1987). En 1989, il est élu membre du Congrès des députés du peuple de l'URSS. En 1990-1991, il est président du Soviet suprême de la RSFSR et, en 1991-1999, président de la fédération de Russie.

GORBATCHEV, Mikhaïl (Privolnoïe, région de Stavropol 1931)
Diplômé de la faculté de droit de l'université d'État de Moscou et de la faculté des sciences économiques de l'Institut agricole de Stavropol. Premier secrétaire du comité régional de Stavropol du PCUS (1970-1978) ; secrétaire du PCUS (1978-1985) ; secrétaire général du PCUS (1985-1991) ; président de l'URSS (1990-1991). Président de la Fondation internationale (Fondation Gorbatchev).

IOUMACHEV, Valentin (Perm 1957)
Diplômé de la faculté de journalisme de l'université d'État de Moscou. Correspondant des journaux *Moskovski Komsomolets* et *Komsomolskaïa Pravda.* Conseiller de Boris Eltsine pour les relations avec les médias (1996-1997) ; chef de l'administration présidentielle (1997-1999).

KORJAKOV, Alexandre (Moscou 1950)
Il a travaillé au sein de la neuvième direction du KGB. Chef du service de la sécurité présidentielle (1993-1996) ; lieutenant général.

KRIOUTCHKOV, Vladimir (Tsaritsyne [act. Volgograd] 1924 – Moscou 2007)

Il est diplômé de l'Académie diplomatique du ministère soviétique des Affaires étrangères. Président du KGB, général de l'armée (1988-1991). En août 1991, il a été arrêté en tant que membre du comité pour l'état d'urgence. En février 1994, il a été amnistié par un décret de la douma d'État.

MEDVEDEV, Dmitri (Leningrad 1965)

Premier vice-président du gouvernement russe, il est élu à la présidence de la fédération de Russie en mars 2008. Entré officiellement en fonction le 7 mai suivant, il nomme à la présidence du gouvernement son prédécesseur, Vladimir Poutine, qui ne pouvait effectuer plus de deux mandats consécutifs.

Menant une politique tournée vers le libéralisme et la technologie, il parvient à se distancier de son Premier ministre, même s'il s'efface à son profit pour l'élection présidentielle de 2012. Il est nommé à son tour président du gouvernement en mai 2012, lorsque Vladimir Poutine retrouve ses fonctions de président de la fédération de Russie.

NEMTSOV, Boris (Sotchi 1959)

Gouverneur de Nijni-Novgorod (1991-1997) ; vice-Premier ministre en charge de la politique sociale et de la réforme du logement et des services communaux (1997-1998).

Nicolas II (Tsarskoïe Selo 1868 – Iekaterinbourg 1918)
Dernier tsar de Russie de 1894 à 1917. En mars 1917, il abdique en faveur de son frère Mikhaïl. Dans la nuit du 16 au 17 juillet 1918, il est assassiné avec sa famille.

Primakov, Evgueni (Kiev 1929)
Il est diplômé de l'Institut d'études orientales de Moscou. Travaille à la *Pravda* comme correspondant pour le Moyen-Orient (1962-1970) ; membre suppléant du politburo du PCUS (1985-1990) ; chef du service du renseignement extérieur, puis ministre des Affaires étrangères (1991-1996) ; Premier ministre de la fédération de Russie (1996-1999).

Raspoutine, Grigori (Pokrovskoïe, province de Tobolsk 1864 ou 1865 – Petrograd 1916)
Il avait la réputation d'un « guérisseur » et d'un « voyant ». Il soigna l'héritier du tsar Nicolas II, qui était hémophile, et acquit la confiance illimitée de l'impératrice Alexandra Fedorovna. Il fut tué dans la nuit du 17 décembre 1916.

Sobtchak, Anatoli (Tchita 1937 – Svetlogorsk 2000)
Anatoli Sobtchak passe une partie de son enfance à Kokand, puis sa jeunesse à Tachkent. Il entre à la faculté de droit de Leningrad en 1956, puis exerce

comme avocat à Stavropol. Il retourne à Leningrad en 1962 où il enseigne à la faculté de droit, d'où une bonne partie de la nouvelle élite politique russe est issue. Les représentants les plus éminents de cette élite sont d'anciens élèves et collaborateurs d'Anatoli Sobtchak, comme Vladimir Poutine ou Dmitri Medvedev.

Ami de Rostropovitch, il séjourne à Paris de novembre 1997 à juillet 1999, afin de faire soigner ses problèmes cardiaques et pour fuir le climat délétère de sa succession à Saint-Pétersbourg, où l'entourage du nouveau gouverneur Vladimir Yakovlev l'accusait de malversation. Il donne des cours à la Sorbonne. En novembre 1999, il est lavé de tout soupçon.

En décembre de la même année, il est battu aux élections législatives pour lesquelles il s'était présenté sous l'étiquette du parti Yabloko.

Il meurt d'une attaque cardiaque dans la nuit du 19 au 20 février 2000, dans une maison de repos de Svetlogorsk, dans l'oblast de Kaliningrad. Il est enterré au cimetière Saint-Nicolas de Saint-Pétersbourg. Vladimir Poutine a assisté aux funérailles quasi nationales de son mentor où on l'a vu pour la première fois extrêmement ému à la télévision.

TCHERNOMYRDINE, Viktor (région d'Orenbourg 1938 – Moscou 2010)

Il est diplômé de l'Institut polytechnique Kouïbychev. Vice-ministre de l'Industrie du gaz de l'URSS (1982-1985) ; ministre de l'Industrie du gaz de l'URSS (1985-1989) ; président de Gazprom (1989-1992) ; Premier ministre (1992-1998).

TCHOUBAÏS, Anatoli (région de Minsk 1955)
Diplômé de l'Institut de génie économique de Leningrad. Premier vice-président du comité exécutif de Leningrad, conseiller économique en chef auprès du maire de Saint-Pétersbourg (1990-1991) ; président du comité d'État pour la gestion des biens de l'État (1991-1996) ; chef de l'administration présidentielle (1996-1997).

YAVLINSKI, Gregori (Lviv 1952)
Diplômé de l'Institut Plekhanov d'économie nationale de Moscou. Chef du département de la réforme économique du Conseil d'État des ministres de la Commission de l'URSS pour la réforme économique (1989-1990) ; vice-président du Conseil des ministres de la RSFSR, président de la commission d'État pour la réforme économique (1990).

Chronologie

Avertissement : les dates sont données dans le calendrier julien jusqu'à sa suppression, le 1er février 1918.

1879 Naissance à Gori (Géorgie) de Joseph Djougachvili, plus tard dit « Koba », puis « Staline » (l'homme d'acier). Son père est cordonnier.

1880
5 février Attentat de Khaltourine contre Alexandre II (explosion d'une bombe au palais d'Hiver).

1881
1er mars Assassinat d'Alexandre II par les populistes.

1881-1894 Règne d'Alexandre III.

1887
1er mars Tentative d'attentat contre Alexandre III à Saint-Pétersbourg. Alexandre Oulianov, le frère aîné de Vladimir Oulianov (le futur Lénine), y est impliqué.

1891	Début de la construction du Transsibérien.
1891-1893	Alliance franco-russe.
1894	Staline est admis au séminaire orthodoxe de Tiflis (actuelle Tbilissi), capitale de la Géorgie. Il en sera expulsé cinq ans plus tard et entrera dans la clandestinité.
1894-1917	Règne de Nicolas II.
1896	
Mai	Catastrophe de la Khodynka (tragiques mouvements de foule pendant les fêtes du couronnement de Nicolas II à Moscou).
Octobre	Nicolas II en visite officielle en France.
1905	Guerre russo-japonaise.
Janvier	Première révolution russe.
7-8 janvier	Grève générale à Saint-Pétersbourg.
9 janvier	« Dimanche rouge » : la police et l'armée tirent sur une grande manifestation pacifique devant le palais d'Hiver.
14-25 juin	Mutinerie du croiseur *Potemkine* devant Odessa.
25 août	Traité de paix de Portsmouth entre la Russie et le Japon.
7 octobre	Grève générale en Russie.
13 octobre	Première réunion du soviet de Saint-Pétersbourg.

17 octobre	Manifeste du tsar Nicolas II promettant des libertés politiques et la réunion d'une douma d'État législative.

1917

3 mars	Abdication de Nicolas II.
5 mars	Formation d'un gouvernement provisoire.
Juin	Offensive russe sur le front sud, marquée par un échec.
5 juillet	Kerenski devient président du Conseil.
Fin août	Tentative contre-révolutionnaire du général Kornilov, circonscrite par la Garde rouge.
14 septembre	Proclamation de la République ; Kerenski prend la tête d'un directoire.
25 octobre	Coup d'État sous la direction des bolcheviks.
27 octobre	Formation du Conseil des commissaires du peuple, présidé par Lénine ; décrets sur la paix et sur la terre. Staline est nommé commissaire du peuple aux Nationalités.

1918

5 janvier	Réunion de l'Assemblée constituante élue à Petrograd.
6 janvier	Dissolution de la Constituante.
15 janvier	Formation de l'Armée rouge.
1er/14 février	Adoption du calendrier grégorien.
18 février	Offensive austro-allemande contre la Russie soviétique.
3 mars	Paix séparée avec l'Allemagne (traité de Brest-Litovsk).

10-11 mars Transfert de la capitale de Petrograd à Moscou.
Mars-avril Corps expéditionnaire antibolchevique des Alliés à Mourmansk.
Avril Corps expéditionnaire japonais et anglais à Vladivostok.
25 mai Soulèvement contre-révolutionnaire du corps expéditionnaire tchèque.
8 juin Prise de Samara par les troupes blanches.
28 juin Formation en Sibérie d'un gouvernement provisoire contre-révolutionnaire.
4-10 juillet Le Ve Congrès panrusse des soviets adopte la première Constitution soviétique.
2 août Débarquement anglo-américano-français à Arkhangelsk.
30 août Attentat contre Lénine.

1924 Mort de Lénine. Dans une lettre testament au parti, le leader de la Révolution suggère d'« écarter Staline, car ses défauts ne sont pas acceptables ».

1924-1953 Staline dirige l'Union soviétique.

1929 À cinquante ans, Staline est le maître absolu de l'URSS. C'est le début du culte de la personnalité et de la terreur contre les koulaks.

1937-1938 La Grande Terreur. Plus d'un million et demi d'éléments antisoviétiques y sont tués ou envoyés au goulag.

1941 Opération « Barbarossa ». Rompant le pacte signé en 1939, Hitler attaque l'URSS le 22 juin. En décembre, les Allemands sont aux portes de Moscou.

1943 Victoire de Stalingrad, puis de Koursk, tournants de la guerre. La même année, le fils aîné de Staline, Yakov, est abattu dans un camp de prisonniers.

1945 Conférence de Yalta. Staline, Churchill et Roosevelt se partagent le monde et décident de créer l'ONU. Grand vainqueur, Staline obtient l'Europe de l'Est.

1948 Coup de Prague. Les communistes s'emparent du pouvoir en Tchécoslovaquie. La même année, les Soviétiques imposent le blocus de Berlin.

1953 Mort de Staline. Après quatre jours d'agonie, il s'éteint le jeudi 5 mars à 21 h 50, dans sa datcha, près de Moscou. Ses funérailles sont grandioses.

1953-1964 Khrouchtchev dirige l'Union soviétique.

1956 Devant le XXe Congrès du parti communiste, Khrouchtchev dénonce certains crimes du stalinisme et le culte de la personnalité.

1964-1982	Brejnev dirige l'Union soviétique.
1979	
Décembre	Intervention de l'armée soviétique en Afghanistan.
1985	
Mars	Gorbatchev, secrétaire général du PCUS, lance la *perestroïka.*
1988-1989	Retrait des troupes soviétiques d'Afghanistan.
1989	Élections à candidatures multiples en URSS.
1990	Instauration d'un régime présidentiel en URSS.
Mars	Gorbatchev est élu président de l'Union par le Congrès des députés du peuple.
1991	
Juin	Eltsine est élu président de la fédération de Russie. Les habitants de Leningrad choisissent de reprendre pour leur ville le nom de Saint-Pétersbourg.
19-21 août	Tentative de putsch conservateur contre le président Gorbatchev.
Décembre	Disparition de l'URSS.

1996

Juin Réélection d'Eltsine à la présidence de la fédération de Russie.

2000

Mars Poutine est élu à la présidence de la fédération de Russie.

2008 Élection de Medvedev à la présidence de la fédération de Russie. Poutine est nommé Premier ministre.

2012 Réélection de Poutine à la présidence.

Bibliographie

ADJOUBEÏ (Alexeï), *À l'ombre de Khrouchtchev*, La Table ronde, Paris, 1989.
ALBATS (Evguenia), *La Bombe à retardement, Enquête sur la survie du KGB*, Plon, Paris, 1995.
AMALRIK (Andreï), *L'Union soviétique survivra-t-elle en 1984 ?*, Fayard, Paris, 1970.
ANDREW (Christopher), MITROKHIN (Vasili), *The Sword and the Shield: The Mitrokhin Archive and the Secret History of the KGB*, Basic Books, New York, 1999.
BARRON (John), *KGB: The Secret Work of Soviet Secret Agents*, Bantam Books, New York, 1974.
BERIA (Sergo), *Beria, mon père*, Plon, Paris, 1999.
BESANÇON (Alain), *L'Anatomie d'un spectre*, Calmann-Lévy, Paris, 1994.
BLANC (Hélène), LESNIK (Renata), *Le Mal russe*, L'Archipel, Paris, 2000.
BOUKOVSKY (Vladimir), *Jugement à Moscou*, Laffont, Paris, 1995.
CARRÈRE D'ENCAUSSE (Hélène), *L'Empire éclaté*, *La*

Révolte des nations en URSS, Flammarion, Paris, 1978.
—, *Le Pouvoir confisqué, Gouvernants et gouvernés en URSS*, Flammarion, Paris, 1980.
CHENTALINSKI (Vitali), *Les Surprises de la Loubianka*, Laffont, Paris, 1997.
CHERBARCHINE (Leonid), *Rouska Moskvy*, Tsentr-100, Moscou, 1992.
CHURCHILL (Winston), *The Aftermath*, Macmillan & Co, Londres, 1941.
COULLOUDON (Virginie), *La Mafia en Union soviétique*, Lattès, Paris, 1990.
DAIX (Pierre), *L'Avènement de la nomenklatura*, Complexe, Paris, 1982.
DJILAS (Milovan), *The New Class: An Analysis of the Communist System*, Praeger, New York, 1957.
ELTSINE (Boris), *Jusqu'au bout !*, Presses Pocket, Paris, 1991.
—, *Sur le fil du rasoir*, Albin Michel, Paris, 1994.
—, *Mémoires*, Flammarion, Paris, 2000.
GATES (Robert), *From the Shadows*, Simon & Schuster, New York, 1996.
GORBATCHEV (Mikhaïl), Perestroïka, *Vues neuves sur notre pays et le monde*, Flammarion, Paris, 1987.
—, *Mémoires*, Le Rocher, Monaco, 1997.
GRATCHEV (Andreï), *L'Exception russe, Staline est-il mort ?*, Le Rocher, Monaco, 1997.
GROMYKO (Andreï), *Mémoires*, Belfond, Paris, 1989.
GUETTA (Bernard), *Éloge de la tortue*, Hachette, Paris, 1991.

HELLER (Michel), *La Machine et les rouages, La Formation de l'homme soviétique*, Calmann-Lévy, Paris, 1985.

KENNAN (George), *The Nuclear Delusion: Soviet-American Relations in the Atomic Age*, Pantheon Books, New York, 1983.

KERVOKOV (Viatcheslav), *Taïnyï kanal*, Gueïa, Moscou, 1997.

KLEBNIKOV (Paul), *Godfather of the Kremlin*, Harcourt, New York, 2000.

KORJAKOV (Alexandre), *Boris Eltsine: ot rassveta do zakata*, Interbouk, Moscou, 1988.

KOSTINE (Sergueï), *Bonjour, Farewell*, Laffont, Paris, 1997.

KRIOUTCHKOV (Vladimir), *Litscnoïe delo*, Moscou, 1997.

LAPORTE (Pierre), *Histoire de l'Okhrana*, Payot, Paris, 1936.

LAURENT (Éric), *L'Effondrement*, Olivier Orban, Paris, 1992.

LECOMTE (Bernard), *Le Bunker, Vingt ans de relations franco-soviétiques*, Lattès, Paris, 1994.

LESNIK (Renata), BLANC (Hélène), *L'Empire de toutes les mafias*, Presses de la Cité, Paris, 1996.

LORRAIN (Pierre), *La Mystérieuse Ascension de Vladimir Poutine*, Le Rocher, Paris, 2000.

LOUPAN (Victor), *Le Défi russe*, Les Syrtes, Paris, 2000.

MEDVEDEV (Roy), *Le Stalinisme : origines, histoire, conséquences*, Le Seuil, Paris, 1972.

—, *Staline et le stalinisme*, Albin Michel, Paris, 1979.

MODINE (Iouri), *Mes camarades de Cambridge*, Laffont, Paris, 1994.

PALAJTCHENKO (Pavel), *My Years with Gorbatchev and Shevardnadze: The Memoir of a Soviet Interpreter*, Pennsylvania State University Press, 1997.

POPOV (Gavriil), *Que faire ? Mon projet pour la Russie*, Belfond, Paris, 1992.

POUTINE (Vladimir) (avec GUEVORKIAN N., TIMAKOVA N. et KOLESNIKOV A.), *Ot pervogo litsa. Rasgovory s Vladimirom Poutinym*, Vagrius, Moscou, 2000.

ROCHE (François), *Le Hold-Up du siècle*, Le Seuil, Paris, 2000.

SOKOLOFF (Georges), *La Puissance pauvre*, Fayard, Paris, 1993.

SOLJENITSYNE (Alexandre), *Le Chêne et le veau*, Le Seuil, Paris, 1975.

SOUDOPLATOV (Pavel), *Missions spéciales*, Le Seuil, Paris, 1994.

TCHERNAÏEV (Anatoli), *Chest' let s Gorbatchevym*, Progress, Moscou, 1993.

THOM (Françoise), *Le Moment Gorbatchev*, Hachette, collection «Pluriel», Paris, 1989.

TIKHONOV (Nikolaï), *L'Économie soviétique : réalisations, problèmes, perspectives*, Novisti, Moscou, 1983.

TROYAT (Henri), *Raspoutine*, Flammarion, Paris, 1996.

VADROT (Claude-Marie), *Où va la Russie ?*, First, Paris, 1996.

YAKOVLEV (Alexandre), *Vospominania*, Varguious, Moscou, 2000.

ZINOVIEV (Alexandre), *Les Confessions d'un homme en trop*, Orban, 1990.

Table

ANNEXES

Du même auteur :

Aux éditions du Rocher

La Magie de Moscou, 2014.
Le Roman des espionnes, 2014.
Le Roman de la Perestroïka, 2013.
Le Roman des tsars, 2013.
La Magie de Saint-Pétersbourg, 2012.
L'islamisme va-t-il gagner ?, *Le Roman du Siècle vert*, en coll. avec Alexandre Adler, 2012.
Le Roman du Siècle rouge, en coll. avec Alexandre Adler, 2012.
Le Roman de Raspoutine, 2011 ; Grand Prix Palatine du roman historique 2012.
Le Roman de l'espionnage, 2011.
Le Roman de Tolstoï, 2010.
Les Romans de la Russie éternelle, 2010.
Le Roman de l'âme slave, 2009.
Le Fantôme de Staline, 2007 ; prix du Droit de Mémoire.
Le Roman de l'Orient-Express, 2006 ; prix André-Castelot.
Le Roman de la Russie insolite, 2005.
Diaghilev et Monaco, 2004.
Le Roman du Kremlin, Le Rocher/Mémorial de Caen, 2004 ; prix Louis-Pauwels, prix du Meilleur Document de l'année.

Le Roman de Saint-Pétersbourg, 2003 ; prix de l'Europe.
L'Histoire secrète des Ballets russes, 2002 ; prix des Écrivains francophones.
Les Tsarines, 2002.

Chez d'autres éditeurs

Au cœur du Kremlin : des tsars rouges à Poutine, Stock, 2018.
Poutine de A à Z, Stock, 2017.
Dictionnaire amoureux de Saint-Pétersbourg, Plon, 2016.
La Volupté des neiges : les grandes amoureuses russes, Albin Michel, 2015.
Napoléon et Alexandre, Alphée, 2010.
Les Amours de la Grande Catherine, Alphée/Jean-Paul Bertrand, 2009.
Regards sur la France, ouvrage collectif sous la direction de K. E. Bitar et R. Fadel, Seuil, 2007.
Paris-Saint-Pétersbourg : une grande histoire d'amour, Presses de la Renaissance, 2005.
Les Deux Sœurs, Lattès, 2004 ; prix des Romancières.
La Guerre froide, Mémorial de Caen, 2002.
La Fin de l'URSS, Mémorial de Caen, 2002.
De Raspoutine à Poutine, les hommes de l'ombre, Perrin/Mémorial de Caen, 2001 ; prix d'Étretat.
Le Retour de la Russie, en coll. avec Michel Gurfinkiel, Odile Jacob, 2001.
Le Triangle russe, Plon, 1999.
Le Département du diable, Plon, 1996.
Les Égéries romantiques, en coll. avec Gonzague Saint Bris, Lattès, 1995.
Les Égéries russes, en coll. avec Gonzague Saint Bris, Lattès, 1993.

Histoire secrète d'un coup d'État, en coll. avec Ulysse Gosset, Lattès, 1991.
Histoire de la diplomatie française, Éditions de l'Académie diplomatique, 1985.

PAPIER À BASE DE FIBRES CERTIFIÉES

Le Livre de Poche s'engage pour l'environnement en réduisant l'empreinte carbone de ses livres. Celle de cet exemplaire est de :
450 g éq. CO_2
Rendez-vous sur www.livredepoche-durable.fr

Composition réalisée par MAURY-IMPRIMEURSA

Achevé d'imprimer en France par
CPI BUSSIÈRE (18200 Saint-Amand-Montrond)
en mars 2022
N° d'impression : 2064163
Dépôt légal 1re publication : avril 2015
Édition 11 - avril 2022
LIBRAIRIE GÉNÉRALE FRANÇAISE
21, rue du Montparnasse – 75298 Paris Cedex 06

63/6676/7